轻与重
FESTINA LENTE

姜丹丹 主编

写作的风格

[法] 古尔蒙 著　孙圣英 译

Remy De Gourmont

Du style ou de l'écriture

华东师范大学出版社 | 上海

华东师范大学出版社六点分社　策划

主　编　的　话

1

时下距京师同文馆设立推动西学东渐之兴起已有一百五十载。百余年来，尤其是近三十年，西学移译林林总总，汗牛充栋，累积了一代又一代中国学人从西方寻找出路的理想，以至当下中国人提出问题、关注问题、思考问题的进路和理路深受各种各样的西学所规定，而由此引发的新问题也往往被归咎于西方的影响。处在21世纪中西文化交流的新情境里，如何在译介西学时作出新的选择，又如何以新的思想姿态回应，成为我们必须重新思考的一个严峻问题。

2

　　自晚清以来，中国一代又一代知识分子一直面临着现代性的冲击所带来的种种尖锐的提问：传统是否构成现代化进程的障碍？在中西古今的碰撞与磨合中，重构中华文化的身份与主体性如何得以实现？"五四"新文化运动带来的"中西、古今"的对立倾向能否彻底扭转？在历经沧桑之后，当下的中国经济崛起，如何重新激发中华文化生生不息的活力？在对现代性的批判与反思中，当代西方文明形态的理想模式一再经历祛魅，西方对中国的意义已然发生结构性的改变。但问题是：以何种态度应答这一改变？

　　中华文化的复兴，召唤对新时代所提出的精神挑战的深刻自觉，与此同时，也需要在更广阔、更细致的层面上展开文化的互动，在更深入、更充盈的跨文化思考中重建经典，既包括对古典的历史文化资源的梳理与考察，也包含对已成为古典的"现代经典"的体认与奠定。

面对种种历史危机与社会转型，欧洲学人选择一次又一次地重新解读欧洲的经典，既谦卑地尊重历史文化的真理内涵，又有抱负地重新连结文明的精神巨链，从当代问题出发，进行批判性重建。这种重新出发和叩问的勇气，值得借鉴。

3

一只螃蟹，一只蝴蝶，铸型了古罗马皇帝奥古斯都的一枚金币图案，象征一个明君应具备的双重品质，演绎了奥古斯都的座右铭："FESTINA LENTE"（慢慢地，快进）。我们化用为"轻与重"文丛的图标，旨在传递这种悠远的隐喻：轻与重，或曰：快与慢。

轻，则快，隐喻思想灵动自由；重，则慢，象征诗意栖息大地。蝴蝶之轻灵，宛如对思想芬芳的追逐，朝圣"空气的神灵"；螃蟹之沉稳，恰似对文化土壤的立足，依托"土地的重量"。

在文艺复兴时期的人文主义那里，这种悖论演绎出一种智慧：审慎的精神与平衡的探求。思想的表达和传播，快者，易乱；慢者，易坠。故既要审慎，又求平衡。在此，可这样领会：该快时当快，坚守一种持续不断的开拓与创造；该慢时宜慢，保有一份不可或缺的耐心沉潜与深耕。用不逃避重负的态度面向传统耕耘与劳作，期待思想的轻盈转化与超越。

4

"轻与重"文丛，特别注重选择在欧洲（德法尤甚）与主流思想形态相平行的一种称作 essai（随笔）的文本。Essai 的词源有"平衡"（exagium）的涵义，也与考量、检验（examen）的精细联结在一起，且隐含"尝试"的意味。

这种文本孕育出的思想表达形态，承袭了从蒙田、帕斯卡尔到卢梭、尼采的传统，在 20 世纪，经过从本雅明到阿多诺，从柏格森到萨特、罗兰·巴特、福柯等诸位思想大师的传承，发展为一种富有活力的知性实践，形成一种求索和传达真理的风格。Essai，远不只是一种书写的风格，也成为一种思考与存在的方式。既体现思索个体的主体性与节奏，又承载历史文化的积淀与转化，融思辨与感触、考证与诠释为一炉。

选择这样的文本，意在不渲染一种思潮、不言说一套学说或理论，而是传达西方学人如何在错综复杂的问题场域提问和解析，进而透彻理解西方学人对自身历史文化的自觉，对自身文明既自信又质疑、既肯定又批判的根本所在，而这恰恰是汉语学界还需要深思的。

提供这样的思想文化资源，旨在分享西方学者深入认知与解读欧洲经典的各种方式与问题意识，引领中国读者进一步思索传统与现代、古典文化与当代处境的复杂关系，进而为汉语学界重返中国经典研究、回应西方的经典重建做好更坚实的准备，为文化之间的平等对话创造可能性的条件。

是为序。

姜丹丹（Dandan Jiang）

何乏笔（Fabian Heubel）

2012 年 7 月

目　录

1

写作的风格

I

因此,这就足以反驳他们的蠢话,

他们缺乏任何技艺和知识,完全依赖天赋,

遽然探讨最崇高的话题。

让他们放下这种自以为是吧。

如果自然或者说他们的无能让他们天生为鹅的话,

就让他们不要去模仿探寻星辰的苍鹰。

——但丁,《论俗语》,II,4

贬低"写作"是一无是处的作家们时不时会采取的小心谨慎之举;他们觉得这样做很好,而此举恰好标志着他们的庸碌和对悲哀的承认。一个不举者在不得不放过一个眼神清澈过人的美女时，心中或许不无幽怨；一个男人在对自己所从事的职业公开表示轻蔑时，这种轻蔑也一定包含苦涩吧，而且这种行为无异于承认他对这一职业缺乏基本常识，或者缺乏天分。然而对这一行来说，没有天分却硬要从事写作就是一种欺骗。但是在这些可怜的家伙中，有一部分人却以自己的贫乏为荣；他们声称他们的思想足够美好，可以无需再穿衣服，最新、最丰富的形象不过是扔在思想的虚无之上的虚荣的风帆，而且归根结底，最重要的是实质而非形式，精神而非文字，事物而非言语。他们可以这样滔滔不绝地说下去，因为他们掌握了一大群如猎犬般数量众多、恭顺但却没有恶意的老生常谈的说法。我们应该同情第一类人，鄙视第二类人，而且什么都不要回应他们，除非用以下的言辞：世上存在两种文学，而他们属于另一种。

两种文学是一种临时的、谨慎的说法，目的在于让那群猎犬忘记我们，它们自会看到属于他们的那部分风景，看到那座花园的视野，而它们永远不会进入那座花园。如果没有两种文学，两处地域，那就意味着必须立刻把几乎所有的法国作家都割喉处死，这是一件非常肮脏的苦差事，而至于我本人，一定会兴奋地红着脸参与其中。算了，边界已经划分好，世界上本就存在两类作家：一类是写作的作家，一类是不写作的作家——如同世界上存在失声的歌者和能够发声的歌者。

对风格的蔑视似乎是 1789 年法国大革命的重要成就之一。至少在民主时代之前,嘲讽那些并不从事写作的所谓作家根本就不会有什么问题。从庇西特拉图①到路易十六,文明世界在这一点上意见一致:作家必须懂得写作。希腊人这样认为;罗马人钟爱美好的风格,尽管他们最后却写得极其糟糕,他们只是太想写好了。圣·安布罗斯②认为雄辩能力是圣灵的天分之一,"圣灵发声"(vox donus Spiritus),普瓦捷的圣希莱尔③在其《论诗篇》第十三章中直截了当地说,坏的风格是一种罪。因此我们现在对丑陋文学的宽容并非来自罗马时期的基督教,但是鉴于基督教显然是现代所有对外在之美的侵犯行为的罪魁祸首,我们或许可以认为,对恶劣风格的癖好是清教徒式输出的内容之一,而后者在 18 世纪曾经玷污了整个法兰西大地:对风格的蔑视与风俗的伪

① 庇西特拉图(Pisistrate),公元前 560 年用武力夺得雅典政权,建立了僭主政治。在任期间大力提倡文艺活动,雅典成为希腊诗人、学者经常拜访的地方,《荷马史诗》正是在这一时期的雅典编定成文。(凡译者未标明"原书注"的均为译者注,下同)

② 圣·安布罗斯(S. Ambroise,?—397),神学家,曾任意大利米兰的主教,是基督教会拉丁语时期最早的四大圣师之一。因反对罗马皇帝狄奥多西一世的统治被囚禁在一座教堂里。在此期间,他创作了一些著名的圣歌。死后被奉为圣人,纪念日为 12 月 7 日。

③ 普瓦捷的圣希莱尔(S. Hilaire de Poitiers),法国普瓦捷地区的主教,基督教四大圣师之一,公元 4 世纪最重要的神学家之一。

善纯属英式恶习①。

然而,如果说 18 世纪的人写得拙劣,其实是他们只是拙劣而不自知。当时的人认为伏尔泰写得非常好,尤其是他的诗作,他们只是谴责丢西斯②笔下模特们的野蛮行径。他们心中有一个理想的模板,并不认为哲学著作是可以文风粗劣的一个借口。艾萨克·牛顿的论文、园艺打理方法甚至烹饪手册都可以写成诗歌的样子。这种滥用艺术与优美语言的需要终于导致他们采用了一种中庸的方式来写作,来提升所有平庸的主题,但却羞辱了所有其他的主题。尽管初衷是好的,但是 18 世纪的写作却最终与世界上对艺术最无动于衷的那群人的风格如出一辙:英国和法国当时仿佛签署了一份文学协议,而这份协议直到夏多布里昂出现才算终止,后者的《基督教箴言》③成为一份庄严的废约书。这本著作开启了一个

① 关于这一时期新教的重要性以及影响,根据休格(Ed. Hugues)的著作记载,全部新教徒从二十五年前开始清除以前的标签,参见《新教在 18 世纪法国的复辟》(*Histoire de la Restauration du Protestantisme en France au XIIIe siècle*)(1872)。——原书注

② 丢西斯(Ducis,1783—1816),法国诗人,悲剧作家。

③ 这本书几乎不为人所知,而且在虔诚化的版本中已经被篡改。但是这部独特、复杂的百科全书却比第一版更不虔诚、更不正面。这部著作包括"勒内"、一些统计图表、"阿塔拉"以及一些希腊画家名单。这是一部全球文明史,一份社会重建计划。下面是它的完整书名:基督教箴言或基督教之美,作者弗朗索瓦-奥古斯特·夏多布里昂。——巴黎,Migneret 印刷厂出品,Sépulcre 路,f. s. g. 28 号,共和十年,1802。——5 卷本,in-8。——原书注

新的时代,从此世界上不再只有一种才华横溢的方式,另一种方式就是懂得写作,不再遵循游吟诗人的模式来写作,而是根据那些尚未被征服的传统的范本进行写作。这种传统与人类智性中对美的感觉的第一次苏醒同样古老。

然而 18 世纪①的方式却完美地呼应了民主文明发展的自然趋势。夏多布里昂也好,维克多·雨果也好,都不能打断这种促使羊群去往牧草丰沛的绿色草原,而非走向羊群过后唯见尘土纷飞的地方的天然法则。很快,人们就会认为,打理一片注定要遭受民众践踏的风景是毫无用处的。没有风格的文学正如不毛大道,既无树荫,亦无源泉。

II

写作的职业也是一种职业,我更喜欢把它放到它原本所属的词汇排序里,放在"鞋匠"和"细木工匠"之间,而不是将其与人类活动的其他表现分离开来。此外,它可能因挽救荣誉而被抹杀;如果离开鲜活的东西太远,它终将死于孤独。它身居职业长廊的象征性壁龛之一,提出了一些关于学习和利用

---

① 当我们说到 18 世纪,应该把伟大而孤独的布封排除在外,他一直生活在他在蒙巴尔(Montbard)的高塔中。从这些词汇的现代意义来看,布封是一个学者,哲人,诗人。——原书注

工具的想法，它疏远那些一时兴起给它安排的使命；它是严肃的，令人扫兴的。

写作的职业也是一种职业，但是风格却并非一门科学。风格即人本身，是另一种说"Hello"的方式，它是不可侵犯的。这些道理都说明了一件事：风格是个性化的，如同人们眼睛的颜色，或者嗓音。人们可以学习写作这门职业，却无法学习拥有一种风格。人们可以像染头发一样为风格着色，但却必须每天早上都要重来一遍，而且从中得不到任何乐趣。学习风格很难学到什么东西，以至于经常终生都在忘记。当生命的力量比较小的时候，人们写得就没那么好。练习虽然能提升其他才华，有时却会损坏写作这种天分。

写作与绘画或塑型艺术殊异，无论写作还是说话，都在使用所有人都必然拥有的一种才能。不对智力进行全面的剖析，就无法对写作进行分析。因此无论是十页也好还是一万页也好，所有关于写作的艺术的文章都不过是在徒劳地描摹。这个问题如此复杂，以至于我们都不知道该从何谈起。这个问题浑身尖刺，如同一处满是黑莓和针刺的树丛，我们不能扑上去采摘，只能绕道而行。如此方为谨慎之举。

根据福楼拜和龚古尔的意思，写作就是存在，就是与他人相异。而风格则是在众人共有的语言中讲一种独特的方言，这种方言独一无二，不可模仿，它既属于所有人共有的言语，又是某一人独有的言语。风格是稳定的,研究它的机制是无用的,有时这种无用甚至会变得很危险。提取一种风格的产物,再将其重新组合起来所形成的风格和原来的风格的确相似,但是这种相似就如同一朵喷了香水的纸质玫瑰,它也的确很像一朵真正的玫瑰。

无论一部"写成"的作品的重要性如何,使其最终成型的风格总是会增加它的重要性。这是布封①的观点,他认为,一部好作品中具有的全部美感,"组成风格的所有关系都是真实,对于人类的精神来说,这些真实与造就主题底色的真理同样有用,甚至也许更加珍贵"。因此,尽管为大众所不屑,这依然是人们的共识,因为现在依旧存活的那些旧时的书籍也就是活在其风格。如果事实正好相反的话,那么布封的同代人比如布朗热②,也就是《揭秘古代》(*Antiquité dévoilée*)一书的作者,或许今天就不会寂寂无名了,因为他只是文笔很烂而已。这难道不就是因为他缺乏风格才导致的吗?而另一个人,比如狄德罗,却绝非只享有片刻盛名,就算人们暂时不再谈论他,难道说他就被遗忘了吗?

---

① 布封(Georges-Louis Leclerc Buffon,1707—1788),法国博物学家、作家,百科全书派成员,法兰西院士,代表作为《自然史》。布封在法兰西学院入院仪式上的演讲《风格论》中提出,风格属于个人。

② 布朗热(Nicolas-Antoine Boulanger,1722—1759),法国工程师、文学家、哲学家。

风格这种不容置疑的优势使得主题的创新在文学上意义不大。为了写一部好的小说或者一部可行的戏剧，就需要或者选择一个乏味至极的主题，或者从中设想出一个崭新但却缺乏才华的主题，以便加以利用，比如《罗密欧与朱丽叶》或者《堂·吉诃德》。莎士比亚的大部分悲剧都是在他第一个故事的经络之上织就的系列隐喻。莎士比亚只是创新了他的诗句，由于图像是新的，这种新意必然赋予戏剧中的人物以生命。假如《哈姆雷特》被克里斯托弗·马洛①改写为诗体作品，那么它只会是一部隐晦、拙劣的悲剧，很可能仅仅被后世的人当作一部有点意思的草稿罢了。莫泊桑先生的大部分主题都是他自己发明的，薄伽丘②却几乎没有创新任何主题，但是与后者相比，莫泊桑反倒是一个逊色得多的讲述者。主题的创新是有局限的，更何况它还可以无限灵活。然而世易时移，艾卡③先生如果有才华，就不会翻译《奥赛罗》，而是重新改写，就如同

　　① 克里斯托弗·马洛（Christophe Marlowe，1564—1593），莎士比亚同时期的英国作家，他革新了中世纪的戏剧，为莎士比亚的创作铺平了道路。

　　② 薄伽丘（Giovanni Boccaccio，1313—1375），意大利文艺复兴运动的杰出代表，人文主义作家。与诗人但丁、彼特拉克并称为佛罗伦萨文学"三杰"。其代表作《十日谈》是欧洲文学史上第一部现实主义作品。它批判宗教守旧思想，主张"幸福在人间"，被视为文艺复兴的宣言。

　　③ 艾卡（Jean François Victor Aicard，1848—1921），法国诗人、小说家、剧作家。

耿直的拉辛①重写欧里庇得斯②的悲剧一样。如果人类没有在风格方面花样翻新，那么在文学出现前一百年里，所有的主题就已经被说尽了。我可以说文学中一共有三十六种悲剧或小说场景，还有另一种更加概括性的理论，认为只有四类主题。人类居于所有关系的中心：与自我的关系，与他人的关系，与异性的关系，与无限、神或自然的关系。一部文学作品必然归于这四种模式中的一种。但是世界上只有唯一一个文学主题，那就是《达佛涅斯和克洛伊》(*Daphnis et Chloé*)③，一本足矣。

　　不会写作的作家们的借口之一就是体裁的多样性。他们认为，某种风格只适合某种体裁，却完全不适合另一种体裁。他们言之凿凿地说，绝不能用写诗的语调写小说。这话也许有道理，但是缺乏风格会导致缺乏语调，而且如果一本书缺乏写作感，就会无一不缺。这本书就会被人视而不见，或者如大家所说，它会过不留痕。诚哉斯言。归根到底，世界上只存在一种体裁，即诗；只有一种模式，即诗体，因为美好的散文都有

---

　　① 拉辛(Jean Racine, 1639—1699)，与莫里哀、高乃依并称为法国最伟大的三位剧作家。

　　② 欧里庇得斯(Euripide, 前480—前406)，与埃斯库罗斯和索福克勒斯并称为希腊三大悲剧大师。

　　③ 《达佛涅斯和克洛伊》，古希腊田园传奇故事，讲述了被牧羊人收养的两个孩子达佛涅斯和克洛伊从小相互爱慕、后历经种种磨难、最终结为夫妻、幸福地生活在一起的故事，表达了人们对真爱的渴望。作者隆古斯(Longus dit le Sophiste)是2世纪希腊传奇小说家。

一种节奏,这种节奏总是让人怀疑它是否真的仅仅是散文。其实布封所写皆为诗,博须埃①、夏多布里昂还有福楼拜也尽数如此。《自然的阶段》(*Les Epoques de la Nature*)②这部著作让学者和哲人们动容,它同时也堪称一部壮丽的史诗。布吕内蒂埃先生③曾经以一种巧妙而又大胆的方式讲述过各类体裁的演变,他说,博须埃的散文正是广袤的抒情森林的一个剖面图,而稍晚一些出现的维克多·雨果则是这片森林的樵夫。然而我依然更倾向于不存在什么体裁,或者说只存在一种体裁的说法,这种观点更符合最新的哲学和科学发展的结果:演变的想法在恒久、绵延的想法面前终将消失于无形。

那么人们是否可能学会写作呢?这个问题的实质其实是风格,它无异于问如果左拉勤奋刻苦的话能否变成夏多布里昂;如果凯奈·德·博拜尔④认真、专心的话能否变成拉伯

---

① 博须埃(Jacques-Bénigne Lignel Bossuet, 1627—1704),法国基督教主教、神学家,以讲道及演讲闻名,被认为是法国历史上最伟大的演说家,其演讲具有很高的文学价值,曾发表反对新教的专著《新教教会改易史》(1688)。

② 《自然的阶段》,作者布封。本书堪称一部史诗,布封对狮、虎、豹、狼、狗、狐狸等各种动物用形象的语言进行了描写,充分体现了个人的创作风格。

③ 费迪南·布吕内蒂埃(Ferdinand Brunetière, 1849—1906),法国作家、评论家,巴黎高师教授,著有《法国文学史》。

④ 凯奈·德·博拜尔(Jules Quesnay de Beaurepaire, 1837—1923),笔名 Jules de Glouvet,与布尔热、左拉、莫泊桑、洛蒂等人同为 1880 年开始发行的一本双周报《大众生活》(*La Vie Populaire*)的出版者之一。

雷;如果一个人在冷杉树制作的油画托架上用力挥洒画笔,临摹珍贵的大理石雕像,那么如果他发挥得好,能否画得出《贫穷的渔夫》(*Pauvre Pêcheur*)①这种画;又或者一个油漆匠,他在巴黎一处凋敝的房子门面上模仿科林特②的风格精雕细琢,那么在学了二十课之后,会不会或许、可能雕出《地狱之门》(*La Porte de l'Enfer*)③或菲利普·坡④的坟墓?

那么人们到底能否学会写作呢? 这个问题的实质涉及一门职业的各种因素,就是画家在学校里学到的那些东西:这些是可以学得到的。人们可以学会以中性的方式正确地写作,就好像我们用凹凸压印的铜版雕刻法进行雕刻。人们能学会如何拙劣地写作,意思就是规规矩矩地用足以获得一项文学美德奖励的方式写作。也可以学习如何好好地写作,这是拙劣地写作的另一种方式。那些好书是多么令人伤感,然而也不过仅此而已。

---

① 《贫穷的渔夫》,法国画家夏凡纳(Pierre Puvis de Chavannes,1824—1881)创作的一幅油画,是绘画史上的一部划时代作品。现藏于巴黎奥赛博物馆。

② 科林特(Franz Heinrich Louis Corinth,又称 Lovis Corinth,1858—1925),德国艺术家,其作品融合了印象派和表现主义的双重特点。

③ 《地狱之门》,法国雕塑家奥古斯特·罗丹的一部著名作品。

④ 菲利普·坡(Philippe Poe,1428—1493),曾任法国布尔戈涅地区的司法总管,死后葬于圣让-巴蒂斯特小教堂,其墓设计精美,以黑色石头雕刻的八名哭泣的抬棺女子形象逼真动人。其墓地现为博物馆。

III

阿尔巴拉先生出版了一本教材,名为《写作的艺术二十讲》[①]。假使此书能够早点出版的话,肯定被文学教授杜穆切尔先生纳入自己的藏书,并推荐给自己的朋友布瓦尔与佩居榭[②]:"他们暗自思忖风格究竟为何物,多亏杜穆切尔先生列出的那些作家,他们方才知悉所有体裁的秘密。"然而这两个家伙认为阿尔巴拉先生的评论还是有点难以捉摸,看到后者说《忒勒马科斯》[③]写得很糟糕,梅里美则赢在简洁,他们觉得灰心丧气。于是他们丢下阿尔巴拉先生的书,投入到对昂古莱姆公爵[④]历史的研究中。

---

① 阿尔巴拉(Antoine Albalat,1856—1935),法国作家,文学评论家。《写作的艺术二十讲》(*L'art d'écrire : enseigné en vingt leçons*)是其代表作之一,主旨是从"技术"和"实务"的角度阐述写作的艺术。

② 杜穆切尔、布瓦尔与佩居榭均为福楼拜未完成的小说《布瓦尔与佩居榭》中的人物。在这部小说中,巴黎的两个平凡的抄写员布瓦尔与佩居榭突然得到一笔意外之财,他们兴冲冲地来到市郊,开辟了一个庄园,希望从此过上他们渴望已久的那种诗意的生活。然而现实是残酷的,最终两人梦想破灭,不得不回到现实社会,重操旧业。

③ 《忒勒马科斯》,书中人物忒勒马科斯是《荷马史诗》中奥德修斯和珀涅罗珀之子。根据本章内容,此处的《忒勒马科斯》应该是指弗朗索瓦·费奈隆所著的《忒勒马科斯历险记》(*Les Aventures de Télémaque, fils d'Ulysse*)(1699 年出版)一书。

④ 昂古莱姆公爵(duc d'Angoulême,即 Louis-Antoine de Bourbon,1772—1804),法国波旁王朝的最后一位王子。

对于他们的抵制态度,我丝毫不感到惊讶;或许他们隐隐觉得,无意识在嘲讽原则,嘲讽修饰的艺术以及三个循序渐进的写作技巧。智力工作,尤其是写作,在很大程度上并不受意识权威的控制,如果阿尔巴拉先生知道这一点,他一定不会这么鲁莽,也不会把作家的素质分为两类:一类是天资,一类是后天可以获得的素质——好像一种写作的素质,也就是存在和感知的方式是一种外在的东西,可以像颜色或气味一样加上去一样!我们变成现在的样子,这个过程甚至并非出于我们自愿,即使有相反的意见也无济于事。最长久的耐心也不能将盲目的想象变成可视的想象;一个人观看到风景,并将其呈现为文字,哪怕他写下来的作品很拙劣,也比那些被一位视野为零或所见大相径庭的修正者修改之后的作品更好。"深刻的力量唯有其主人才能赋予。"这一点让佩居榭大为沮丧。写作艺术大师的特征,甚至是有力量的特征,必定是不应该强调的特征。换言之,特点凸显了人们习惯上一直强调的细节,而非能够打动学习者内在、稚拙但却真诚的眼睛的细节。这种几乎一贯无意识的观念,阿尔巴拉先生将其抽象化,并将风格定义为"攫取词汇的价值以及词汇间关系的艺术"。根据他的观点,所谓天赋"并非是干巴巴地使用辞藻,而是在于发现它们的结合所产生的细微的差异、形象、感觉"。

我们由此进入纯粹的咬文嚼字的状态,进入符号的理想境地。也就是操纵符号,根据不同的意图安排其次序,以造成呈现这个感觉世界的假象。如果反过来考虑的话,这个问题就无解了。既然一切都有可能发生,那么就有可能发生下面这种情况:这些词汇结合起来展现生活,甚至展现某一种特定的生活。然而最有可能发生的情况,却是这种词汇的结合萎靡不振,语言的森林就好像被石化一般。对风格的批评应该从对内在视野的批评开始,从论述形象的形成开始。在阿尔巴拉先生的书中,有两章讲述形象问题,但这两章都在书的结尾部分。因此他对语言机制的呈现完全弄反了,因为第一步是形象,最后一步才是抽象。对风格的自然步骤所进行的良好的分析应该先从分析感觉开始,再抵达纯粹的思想——纯粹到它无所呼应,不仅与现实无所呼应,也与形象无所呼应。

如果存在写作的艺术,那么它就应该是感觉的艺术,观看的艺术,倾听的艺术,使用各种感觉的艺术;或者在真实中实现,或者以想象的方式实现。认真、新颖地践行某种风格理论就是试图展现这两个原本分离的世界——感觉的世界和辞藻的世界——是如何相互渗透的。而此处则埋藏着一个很大的秘密,因为这两个世界之间隔着无限遥远的距离,两者是平行的。必须要看到,它们中间似乎存在一种无线电报,人们确定两个仪表盘的指针能够相互联通,这样就够了。然而在现实生活中,这种相互依赖远远达不到机械的对比中的相互依赖那么完美,那么清晰。总体而言,词汇与感觉极少能够达到应和的程度,只会难以相容。我们没有一种能够确保无虞的方法来表达我们的思想,或许唯有沉默才能做到。在生活中存在多少种眼睛、双手、默不作声的嘴巴比任何语言都要雄辩有力的情况[①]!

IV

因此,阿尔巴拉先生的分析很差劲,并不科学。但是他却总结出一种方法,我们不好说这种方法真的不能培养出任何有创意的作家——他本人也很清楚这一点,但是却能减弱篇章和作品的不和谐——而非平庸——程度,我们习惯上一直没有对此予以多少关注。此外,这一点似乎也于事无补,这本教材是没有用的,其中书中的某某章似乎还保有资料保存和展示的作用,因此它比我想得还要无用。书中的细节堪称上佳,例如书中某些地方说思想与形式相关,如果改变形式,那思想也将随之改变:"如果人们这样分析一个片段:它的本质是好的,但形式是糟糕的——这种话毫无意义。"尽管思想可以作为感觉的残渣存在,独立于词汇尤其独立于词汇的某一

[①] 我们在数日后将在一次关于"词汇世界"的研究中确定词汇是否有意义,即恒常的价值。——原书注

种选择,但是赤裸如同游荡的蠕虫一般的思想根本没有任何意义。也许它们属于所有人? 也许所有的思想共属于所有人? 某只一边漫游、一边等待召唤者的蠕虫,一旦言语把它从黑暗的蒙昧状态中拯救出来,它将会显得多么与众不同! 一旦脱下主教的红袍,博须埃的思想会变成什么样子呢? 它们将会变得和从此地经过的第一个修道院修士的话语一样,一旦修士开腔,人们——他们曾经受到那多蠢话的侮辱,曾经在喋喋不休的布道和祷告中陶醉不已——将会避之唯恐不及。如果曾经讨好地听过米什莱先生①充满激情的奇谈怪论之后,我们也会有同样的印象,在某位议员卑劣的讲话中,在忠心耿耿的媒体悲伤的评论中,人们也能发现这种抒情式的悖论。正因为如此,那些拉丁语诗人,包括最伟大的维吉尔才会在翻译中消失无踪,他们统统汇集到一种师范味令人难受的整齐划一之中。如果说维吉尔曾经模仿波桑诺②或者伯努瓦③的风格,那么他俨然就是波桑诺或者伯努瓦,然而那些僧侣们却刮掉他写在羊皮纸上的诗行,重新在上面记上一份利息稳定、一直有利可图的租借合同。关于这些显而易见的事

---

① 米什莱(Jules Michelet,1798—1874),法国 19 世纪著名历史学家。

② 波桑诺(Émile Pessonneaux,1821—1903),法国拉丁语教师,希腊研究学者,以其对古希腊、古拉丁语名著的法语翻译闻名。

③ 伯努瓦(Eugène Benoist,1831—1877),法国 19 世纪最著名的拉丁语学者,铭文与美文学院(法兰西文学院的前身)成员。

实，阿尔巴拉先生很乐于驳斥左拉先生的意见，他宣称"形式的变化和过时最为快速"，"通过树立生动的形象，人们才能获得不朽"。最后一句话尽管可以有各种解读，它的意义却是说，人们称之为艺术生命的东西独立于形式。或许这样说还不够清晰，也许根本毫无意义？希波吕托斯①在特罗曾城门（portes de Trézène）前时也是"无形且无颜"，但他却是个死人。所有能归于这个理论的东西就是，如果一部作品一开始是美丽、新颖的，如果它曾经服务于它的时代，服务于它所在的语言，那么后世的人们将只会在教育者沿袭来的命令之下仅仅为了模仿而欣赏它。时至今日，在埃尔科拉诺②的地下发现的《伊利亚特》只能给我们考古发现之感，对现代人来说，它的价值与《罗兰之歌》级别相同。但是如果比较这两部史诗，人们会比刚才的分析更清楚地看到，其实它们分别对应着截然不同的文明阶段，一部全都凭借（略显刻板的）形象写成，而另一部的形象却极为罕见。此外，作品的品质与它能延续的时间之间并无必然联系，但是如果一部著作已经流传下来，

---

① 希波吕托斯（Hippolyte），希腊神话人物，雅典国王忒修斯与阿玛宗女王希波吕忒的儿子。希波吕托斯追求道德上的贞洁，排斥异性，因拒绝继母淮德拉的求爱，导致后者自杀，自己惨遭横死。欧里庇得斯曾以此为题材创作悲剧《希波吕托斯》，拉辛则创作了《淮德拉》。

② 埃尔科拉诺（Herculanums），古罗马的一座小城，公元前79年维苏威火山爆发时与小城斯塔比亚一起被毁，一直埋藏在火山灰下，18世纪波旁王朝统治那不勒斯时经发掘而被世人所知。

那么那些"能够根据计划要求进行分析和摘录"的人就会非常懂得如何证明它们"不可模仿"的完美，并且在一次讲座的时间内，让这个木乃伊起死回生，继而再度浑身缠满绷带地倒地而亡。不应将荣耀与美混为一谈：前者完全依赖于模式与爱好的革命。对后者而言，只要人类的感觉是绝对的，那么它就是绝对的。一个取决于习俗，一个取决于法则。

形式会过时，这一点是确定无疑的。然而人们其实不太清楚形式是如何超越作为精华的内容而存活下来的。如果说一种风格的美会消逝，或者化为灰烬，那是因为语言改变了其分子的集合形态和词汇乃至分子本身，而且这种改变并不能不动声色、波澜不惊地完成。如果说安吉利科①的壁画已经"过时"，并非是因为时间让其美感逊色，而是因为潮气让水泥膨胀，整个画作也黯然失色。语言会和水泥一样膨胀、剥落，或者说它们会和悬铃木一样经常蜕皮，哪怕是在第一年春天深深地刻在树皮上的爱之密语，也会随着树皮落入尘埃。

那么未来还有什么意义呢？如果我们是创世之神，如果

---

① 弗拉·安吉利科（Fra Angelico，1387—1455），佛罗伦萨人，意大利文艺复兴早期画家。他只画宗教题材的作品，代表作有《圣母子与天使、圣徒及捐助者》《天使报喜》《圣母的加冕》《谦卑的圣母》及《圣诞》等。安吉利科擅长将哥特艺术晚期的优雅和装饰与文艺复兴时期的光线和空间渲染技术结合在一起，风格简单、直接。

人类不会和我们一样永远活着,那他们的赞同还有什么意义?从一个人脱离了意识的那一刻开始,他能享受到的荣誉又算什么呢?我们必须学习活在当下的每一秒钟,学会适应随时逝去的哪怕是不好的时光,学会留给孩子对未来时间的忧患,这种忧患是一种智力上的弱点,甚至有时还会是天才之人的天真之处——现在就已经到了这样做的时候。人们已经确认并期待着灵魂的必然死亡,但却又妄想作品能够永生,这是不符合逻辑的。但丁笔下的维吉尔在生命之上享受着永恒的荣耀:如今这一绝妙的观念只留给我们一个小小的虚荣的幻觉,最好还是彻底熄灭它。

然而这并不妨碍我们要像为天使们写作一样为人类写作,并根据其技巧与天分,尽量完成美的绽放,哪怕是昙花一现的、转瞬即逝的美。

V

旧式教材区分了花哨与简朴、崇高与内敛,这种区分诚然有趣,阿尔巴拉先生却明智地弃之不用。他将风格分为两种:庸常的风格和新颖的风格,这样做很有道理。如果能对庸俗和恶劣,以及尚可和完美之间进行分级,那么各种色调和细微的差异将会形成一个长长的阶梯。《好客的圣朱利安传奇》

(*Légende de Saint-Julien l'Hospitalier*)[①]与布道词之间相距之遥远,以至于人们会自问它们是否同属一种语言,会不会存在两种法语,而且它们下面还存在无数种相互之间几乎无法渗透的方言。关于政治风格,马蒂·拉沃[②]认为,人民虽然自认为一直忠于传统的文字,但其实对政治风格理解得非常差,而且只能明白大概,就像在听一门人们能稍微听得懂但从来不会讲的外语一样。[③] 他是二十七年前写下这番话的,然而时至今日,报纸尽管比以前更为普及,却丝毫没有改变人民的习惯。在法国,三个人里就有一个人只是偶尔读一读报纸上的只言片语,还有一个根本什么也不读。巴黎人对风格有所认识,他们尤嗜暴力和思想,这一点解释了例如罗什弗[④]这类文学性比政治性更强的记者为何会广受欢迎。在他身上,巴黎人找到了他们心中长久以来的偶像:一个夸夸其谈、自吹自擂的人。

此外,罗什弗先生也是一个新颖的作家,他也是我们首先

---

① 《好客的圣朱利安传奇》是福楼拜短篇小说《三故事》中的一篇,发表于 1877 年,为福楼拜生前最后的文学作品之一。

② 马蒂·拉沃(Charles Joseph Marty-Laveaux, 1823—1899),法国文学评论家。

③ 《论我们的语言教育》(*De l'Enseignement de notre langue*)。——原书注

④ 罗什弗(Victor Henri de Rochefort-Luçay, 1831—1913),法国记者、剧作家。

就要用来证明脱离了形式的实质将一无是处的那些作家之一。只需要稍微读一读他的文章,就足以证明这一点。然而我们也可能上当受骗了。在梅里美的例子中,我们就上当了,而且已经有半个世纪之久,阿尔巴拉先生专门引用了梅里美作品中的一页,将其当作平庸风格的典型样本。更有甚者,阿尔巴拉干了一件他最热衷的事,他居然修改了梅里美的作品,并且建议我们仔细对比两个对照的片段。比如下面这一篇:

> 尽管她对能够激发一个男人——哪怕她觉得这个男人像马科斯那样轻浮——动了真情的快乐或虚荣并非无动于衷,她也从未想过这种爱慕有朝一日会变得危险,以至于影响她的安宁。①

> 她对能够认真地吸引一个如此轻浮的男人这件事很敏感,她从未想过这种爱慕有可能变得危险。②

至少我们不能否认,这位严厉的教师真的特别节约。他写的内容至少节约了二分之一的行数。被这么一处理,可怜

---

① 阿尔巴拉先生此处标出了所有他认为"普通或者无用的东西"。——原书注
② 阿尔巴拉先生提供的几种方案:减少,征服。——原书注

的梅里美本来就不高产,现在完全被砍成了以干巴巴的特点闻名的小册子的作者。像那位朱斯旦对陀格-彭佩的所有著作①所进行的操作一样,阿尔巴拉先生把拉马丁展开架在画架上,对他的作品进行柔化改造。比如,把"在他眼中,发红的皮肤像 15 岁一般细腻"改为"年轻女孩细腻的红皮肤"。这是何等蛮横的行为! 阿尔巴拉先生删去的词语一点都不普通,他反而把它们删掉,而且经他修改后的句子却变得字眼平庸。这连篇累牍的句子表达了一个男人的细致观察,他曾经端详过许多女子的脸庞,他的温情更超过淫欲感,被女孩的腼腆打动,而不是受到肉欲的吸引。不论是好是坏,风格都不能被改动:风格是不容侵犯的。

　　阿尔巴拉先生饶有趣味地列出了一份陈词滥调的名单,但是他的评论有时候没有分寸。这些词他认为都是陈词滥调,但是我并不能苟同:"善良的热情,早熟的邪恶,克制的情绪,塌陷的额头,浓密的秀发",甚至还有"苦涩的眼泪",因为眼泪可以是苦涩的,也可以是甜蜜的。另外我们还要明白一点,那就是在一种风格中显得过时的表达,可能在另一种风格

---

　　①　此处指的是法国人朱斯旦(Justin)对陀格-彭佩(Trogue-Pompée)所写的《世界历史》(l'Histoire universelle)一书进行了缩写,完成了《朱斯旦世界历史概要》(l'Histoire universelle de Trogue-Pompée réduite en abrégé par Justin)。陀格-彭佩为罗马统治时期的高卢人,深受希腊文化影响,他根据当时的希腊史书编写了多部东方史和世界史(包括《腓力史》)。

中或许有面目一新的图景。"克制的情绪"并不比"隐藏的情绪"更加荒谬。至于"塌陷的额头"则是一个科学的表达，非常正确，只需使用得当即可。其他的表达情况也一样。如果我们对这些表达弃之不用，那么文学将会变成一种代数，只有通过长长的分析性论证才能被理解。如果我因为它们使用太频繁就把它们抛弃，那么全部惯用词也应该放弃，以及所有不具神秘感的词语。这简直就是一场闹剧。最普通的词语和最常用的表达也可以令人惊艳。其实真正的陈词滥调，正如我在前文中陈述的一样，在描述画面的抽象过程的半途中就会原形毕露。当这幅已经褪色的画糟糕得还不够，以至于尚未被人察觉时，它只是作为没有生命与动感的符号随心所欲地摆在那里而已①。陈词滥调中的某个词语经常保留着具体的意义，让我们发笑的并不是某个表达的平庸，而是一个现行的词语与一个已然消失不用的词语的结合体。这一点在一些惯用语中表现得非常清楚，比如"学院的胸部"，"折磨人的活动"，"打开他的心"，"他的脸上描绘着伤心"，"打破单调"，"拥抱原则"。然而，有一些陈词滥调中的词语都显得很时髦，比如"她的脸颊染上一抹红色"。另外也有一些陈词滥调的语词都已过时，比如"他的心愿完全得到满足"。然而，后者形成于"完全"这个词还依

①　见《法语美学》（*Esthétique de la Langue française*）一书中的"陈词滥调"章。——原书注

然很有生命力且十分具体的时候,因为它还包含着一个有形图像的残存部分①,因此它与"渴望"的联系让我们感到不适。在前一个例子中,"染"这个词语变得抽象,因为这个意义的具象词语应该是"上色"。而它与"红"、"脸"结合在一起使用就太糟糕了。我不知道语言中这部分精雕细琢的工作最终会通向何方,毕竟它的发酵过程还未完成。或许我们最终可以比较轻松地证明,在真正的陈词滥调的概念中,不协调与平庸平分了庸色。在关于风格的实践中,其实也应该有一些能够被证实的观点,而阿尔巴拉先生本应在这方面有所收获。

VI

但令人恼火的是,接下来关于迂回的章节却草草了事。我们本来还期待着作者能够分析一下人类这种喜欢用描述来代替引用的令人好奇的倾向。这种病症的起源非常古老,人们在巴比伦圆柱上发现了一些谜语(用几乎孩子们都能理解的词语写成的关于风的谜语),它们也许是所有诗歌的起源。如果说让人烦恼的秘密就是说出一切的秘密,那么取悦他人的秘诀,就是说出所有能够帮助别人虽然不一定理解但却能

---

① 此处原文为"comble",在法语中有"屋顶""顶点"的意思。

猜对的一切信息。就像说教的诗人采用的方式一样，迂回只有以这种方式所证明的并不能表达诗意的方式表达出来时才会显得荒谬，因为世界上存在很多对我们想要提及的东西不直呼其名的舒适的方式。真正的诗人堪称语言大师，他会在语言的晦暗不明中运用一些新颖又清晰的迂回婉转的技巧，而稍微有点感性的智者都更喜欢这种迂回而非过于绝对的文字。他既不想描写，也不想引起好奇，更不想卖弄博学。但无论他写什么，他都使用迂回手法，而且他也不能确保他写的东西能永葆清新。迂回也是一种比喻：比喻能存续多久，它就能存续多久。事实上，勒布朗富有神话色彩的谜题和魏尔伦模糊而充满音乐感的迂回之间就相距甚远：

> 有时候某只嫉妒的昆虫的螯针
> 让枝条下美丽的脖颈徒增忧虑

在勒布朗富有神话色彩的谜题中，他将蚕称为：

> 提斯柏①树叶的情人！

---

① 提斯柏(Thisbé)，古希腊罗马神话中的一对情人皮拉姆斯与提斯柏 (Pyrame et Thisbé)，因为家庭反对只能私相会面，后因为误会在一棵桑树下先后殉情。

此处阿尔巴拉先生引用了布封先生的话:没有什么比"用新颖华丽的方式去描述一个平凡普通的事情"给一个作家带来的痛苦更能使其堕落了。"人们纷纷抱怨,需要花费那么多时间创造新的音节的结合仅仅来讲述那些人人都说的陈词滥调。"德里尔①因为他说教般的迂回而声名鹊起;但我觉得他并没有得到正确的评价。并不是对恰当词语的恐惧让他描写那些他本应直呼其名的东西,而是诗法的僵硬和天赋的平庸导致他这样写作;他的含糊其辞是因为无能,他写得糟糕又是因为他含糊其辞。他的套路或者说无能让我们得以见识到一些有趣的谜语:

这些怪兽,从远处看起来像一个巨大的礁石。

动物被厚厚的壳覆盖着,
那个外壳的拱顶呈弧形。

模糊不清的地面和波浪的住客。

① 德里尔(Jacques Delille,1738—1813),法国诗人和翻译家。

28

这只鸟诉说着悲伤的美丽，

依然无法补救它的不曾生育。

而金苹果树四季常青，

在这棵树上，蒂多·阿诺奈①的艺术之眼看到

叶子上或许画着虫子的踪迹。

而这些生动的枝丫，茂盛的植物，

两个相争的对手，两个神奇的物种。

强大的伞菌，沾满血迹

阻止了河流，而它忠实不移的腹地上

闪闪发光的鹅卵石闪烁着光芒。

　　然而，也不能就此认为上述引文的来源《田野之子》（*Homme des champs*）就是一首完全令人鄙视的诗。德里尔神甫还是有他的价值的。尽管少了节奏和数字所带来的乐

----

　　①　蒂多·阿诺奈(Didot Annonay)，其中蒂多指造纸厂的工人，阿诺奈是印刷商。1780 年，蒂多（François Ambroise Didot）与阿诺奈（Johannot d'Annonay）一起研制成功了上等羔皮纸。此后蒂多·阿诺奈就成为制造精致纸张的工人的代称。

趣,我们的耳朵听厌了新的诗词韵律,最终也从这些完整、响亮且并不无聊的诗句中找到魅力,从稍显严肃但开阔、露天的风景中找到魅力。

> ……一个清新的黎明,
>
> 给含苞待放的花朵注入生命,
>
> 宇宙之星在完成它的旅途的路上,
>
> 慵懒地抛洒出美好的一天的剩余。

VII

然而阿尔巴拉先生自问:如何才能做到既新颖又有个性呢?他的回答不够清晰。他建议人们做到这一点,并总结道:新颖性需要不懈的努力。这可是一个非常令人恼火的幻觉。其他次要的品质可能还更容易获得,但是简洁性算不算是一种极致的品质呢?拉伯雷和维克多·雨果都是善于堆积辞藻的人,然而是否应该把彭玛丹①先生的问题也归咎于他们呢?彭玛丹先生同样习惯于把所有能想到的词汇串联起来,并且在同一句话中累计使用十二到十五个修饰词。阿

---

① 彭玛丹(Armand de Pontmartin,1811—1890),法国文学评论家、记者、作家、政治家。

尔巴拉先生举的例子非常有趣,但是如果庞大固埃没有在高康大①的眼皮子底下玩过两百十六种游戏,而且种种都很棒的话,那将非常遗憾,尽管"写作艺术的伟大规则是永恒的"。

简洁有时候是停滞不前的想象所具有的美好品质,而和谐是一个更稀有、更关键的品质。对此,阿尔巴拉先生的评论没有什么可指摘的,只不过他有点过分相信词汇的轻盈与沉重之间存在必然关系,以及词汇本身蕴藏的含义。人们有一个习惯已久的错觉,就是对声音的分析会起到破坏的作用。根据维尔曼②的说法,我们并不仅仅是通过模仿希腊或拉丁语中"fremere"(低语)一词才创造出法语中的 frémir(颤动)这个词语,同时还借助了声音与表达的情绪之间的关系。法语中的"恐惧"(horreur)、"恐怖"(terreur)、"柔和"(doux)、"美妙"(suave)、"咆哮"(rugir)、"叹息"(soupirer)、"沉闷"(pesant)、"轻盈"(léger)这些词不仅仅来自拉丁语,还来自隐秘的意义,正是这些意义认可它们,并将其接纳为与人对事物的印象相似的东西③。阿尔巴拉先生接受了他的观点,如果维尔曼更加

①　高康大与庞大固埃,法国文艺复兴时期小说家拉伯雷的长篇讽刺小说《巨人传》中的主要人物,高康大与庞大固埃是父子关系,高康大是巨人国的国王。此书大约出版于 1532—1564 年,淋漓尽致地讽刺了教会的虚伪和残酷。

②　维尔曼(Abel François Villemain,1790—1870),法国政治家、作家。

③　引自《写作的艺术》(L'art d'écrire),第 138 页。——原书注

精通语言学的话,他可能还会引用根茎理论①,给他的蠢话披上科学的外衣。如此一来,这位著名雄辩家的这段论述就很值得讨论了。很明显,如果"芳香"(suave)和"裹尸布"(suaire)这两个词能够引发人们截然相反的想法,并不是因为他们发音的品质不同。在英语中也有发音相同的词汇,比如"甜"(sweet)和"汗水"(sweat)。"柔和"(doux)并不比"咳嗽"(toux)或者其他相同发音的单音节词真的更柔和。"咆哮"(rugir)难道真的比"变红"(rougir)或者"啼哭"(vagir)更暴力吗?"轻盈"(léger)实际上是五个拉丁语音节"leviarium"紧缩形成的。如果"轻盈"一词有其象征意义,那么"泼妇"(mégère)这个词也有吗?"沉重的"(pesant)并不比"思考着的"(pensant)更轻或更重。这两个词其实是来自同一个拉丁语词汇"pensare"的两个变体。至于"沉重"(lourd)这个词则来自"luridus"一词,而"luridus"本身有许多意思:黄色,猛兽,野蛮的,陌生的,农民,称重,这就是它的家族谱系。"沉重"并非更沉重,而"猛兽"也并不残忍。我们再想想"锦葵"(mauve)和"丝绒"(velours)吧!如果说英语词汇"thin"有"薄"(mince)的意思,那么"厚"(épais)的英语却是"thick"又该怎么解释呢?

---

① 根茎理论,有时也译为块茎理论,由法国哲学家吉尔·德勒兹(Gilles Deleuze)提出。块茎论具有联系性原则、异质性原则、多元性原则、反意指裂变原则、制图学与贴花原则等基本特征。

词汇只是无意义的声音,思想只是随心所欲地让它们搭载上各种意义。在某些词汇和某些声音之间确实也有一些邂逅,有一些不期而遇的和谐,比如"颤动"(frémir)、"恐惧"(frayeur)、"冷"(froid)、"怕冷 /胆小的"(frileux)、"寒颤"(frisson)。这种现象确实有可能,但是当然也有"限制"(frein)、"兄弟"(frère)、"脆弱"(frêle)、"白蜡树"(frêne)、"货运"(fret)、"伪装"(frime)等二十几个发音相似,但意义却大相径庭的词语。

在这两个章节剩余的部分中,阿尔巴拉先生就幸运多了,此处他先后论述了词语的和谐与句子的和谐。他非常合理地将龚古尔的风格称之为"不写式"写作风格,而洛蒂①先生在这方面的表现更加惊人。他的书里不再有句子,里面堆满了各种插入句。好似大树被整个抛在地上,枝条被修剪一空,除了当柴烧之外,再也没有别的用处。

从第 9 课开始,《写作的艺术》一书变得更加说教,于是进入了**创造、整理和表达**的阶段。阿尔巴拉先生是如何将文学作品这三个合而为一的不同时刻堆叠在一起的呢,我没有办法毫无困难地解释清楚这一点。我觉得"阐述一个主题的艺术"注定行不通,于是我开始注意到无意识,而且我也不知道

---

① 洛蒂(Pierre Loti,1850—1923),原名 Louis-Marie-Julien Viaud,法国海军军官、小说家,擅长描写异域风情,代表作有《冰岛渔夫》(1886)和《菊子夫人》(1887),1891 年当选为法兰西院士。

应该"如何创造"。我觉得创造其实是在与牛顿理论相悖的情况下进行的,人们写作时从不多想。至于表达,我相信——但其实很不自在——不断重写的方法。人们不喜欢重写,当我们重写的时候,将同一个事情做两次是可悲的,我还是更赞同那些用弹弓只射一次就成功的那些人。但这就证明了文学界人士给出的建议是虚妄无用的:泰奥菲尔·戈蒂耶①日复一日地写,在印刷台上写,在一捆捆扎好的文件上写,在油墨的气味中写,最终写出了《弗拉卡西上尉》(*Capitaine Fracasse*)中那些复杂的语句。据说布封将《自然的阶段》(*Epoques de la Nature*)重写了足足18次②!但是重写与否一点也不重要,因为阿尔巴拉先生一定会说,有些作家是在脑海中订正的,只把无意识中进行的或者缓慢或者激烈的工作付诸纸上。也有一些作家需要实打实地看到他们的作品,并且一看再看,以便修改作品,也就是理解作品。然而,比起在脑海中修改的工作,在实际纸张上修改还是收获更多,根据孔狄亚克③的说法,只

———————————

① 泰奥菲尔·戈蒂耶(Théophile Gautier,1811—1873),法国唯美主义诗人、散文家和小说家,代表作有《莫班小姐》等。

② 可能他的秘书先抄写一份,然后他再誊清。有一本书专门讲述这个问题:《布封手稿》(*Manuscrits de Buffon*),弗鲁昂(P. Flourens)著,巴黎,加尼埃出版社,1860。——原书注

③ 孔狄亚克(Etienne Bonnot de Condillac,1714——1780),18世纪著名法语作家、哲学家,1767年任法兰西科学院院士,著有《论人类知识的起源》《感觉论》等。

要能知道停下来,只要能学会结束就可以①。"更好"这个魔鬼经常使智者痛苦不堪,让他们颗粒无收。但是不能自我判断确实是一种很大的不幸。在一个不知道自己在做什么的人和一个经常一分为二地审视自己的人中间,谁敢做出选择呢?我们有魏尔伦(Verlaine),也有马拉美(Mallarme)。如此一来,我们不得不为他的才华所折服。

阿尔巴拉先生非常擅长下定义。"描写就是事物栩栩如生的画作。"也就是说,为了描写,作家应该要像一个画家一样面对风景或者现实或者内在的风景。根据他对《忒勒马科斯》中的一页所做的分析,似乎费奈隆②在视觉想象力方面的天分极为贫乏,而且语言天赋更加贫乏。在描写女神卡吕普索③所住洞穴的前20行中,他用了三个"柔和"(doux)和四个"形成"(former)。这种风格实在是平淡乏味,但是我还是坚持认为它有其新颖和优雅之处,并且在将来的某个时候正式领一时之风骚。费奈隆微笑着沉醉于它金色的华丽纸张和画

---

① 这是阿尔巴拉引用的昆体良(Quintilien)所写的一段优美的论述,见原著第 213 页。——原书注

② 弗朗索瓦·费奈隆(François Fénelon,1651—1715),法国古典主义的最后一个代表,代表作有《忒勒马科斯历险记》《寓言集》。

③ 卡吕普索,希腊神话中扛起天穹的巨人阿特拉斯的女儿。《荷马史诗》中奥德修斯在女神卡吕普索的岛上住了七年,最后宁愿放弃永生依然选择回家。

中的花朵,这是大主教还是修士时候的理想,但是我们都忘了:自从《阿斯特拉》(*L'Astrée*)①之后,我们就再也没有描写过自然。这些甜蜜的橘子,这些在用泉水制作的糖浆简直是天堂的清凉甜点。将费奈隆和勒孔特·德利尔②翻译的荷马史诗进行比较,而不是直接和荷马史诗原著进行比较,这种做法真是恶意满满③。那些特别好的翻译作品,那些可以被认为具有了文学的文学性的翻译作品,会不可避免地将原著中抽象的内容转化为具体、生动的形象。"Λευκοδάχιων"的意思是有白色胳膊的人,它是否只不过是一个过时的修饰语?"Λευκοδάχιων"塑造的是白色的刺的形象,还是失去了原先的表现意义,已经成为一个像"山楂"一样中性的意义?对此我们不得而知。但是如果以现在的语言去评判过去的语言,我们就要假设荷马所用的大多数修饰语在他那个时代都已经转为抽象意义。勒孔特·德利尔搬运下来的《伊利亚特》带给我们的欢乐,外国人也可以在一本叫做《忒勒马科斯》的陈旧作

---

① 《阿斯特拉》,奥诺雷·于尔费(Honoré d'Urfé)所著的一部田园小说,出版于 1607—1627 年,因其长度和在欧洲的影响,被称为"小说中的小说"。

② 勒孔特·德利尔(Charles-René-Marie Leconte de Lisle),《伊利亚特》法文版的译者。

③ 我想人们已经不再认为荷马的诗歌是由许多有才华的游方诗人偶然写成的,也不再相信这些诗人只需要把那些即兴发挥创作的东西加以修改润色就写成了《伊利亚特》和《奥德赛》。——原书注

品中读到：成千上万绽放的花朵装点着绿色的地毯（mille fleurs naissantes emaillaient les tapis verts）[①]，这句话如果读过上百次，只能说纯属陈词滥调；但是如果是第一次阅读，读者就会觉得其塑造的形象既巧妙又充满诗情画意。马拉美所翻译的爱伦·坡的诗歌获得了一种既神秘又精妙的新生命，它们在原来的语言中给人的感觉绝对达不到这种程度。而且，丁尼生（Tennyson）写的《玛丽安娜》（Mariana）是令人愉悦的，但诗句中充满陈词滥调和冗长的废话，让人感觉平淡无奇。马拉美用具体代替了抽象，创造了一幅色彩美丽的壁画。我并非是要打算引出一些翻译理论——如果愿意的话，当然也可以——只是想指出一点：如果要比较风格，那么只能对同一时期、同一种语言的作品进行比较。我已经解释过陈词滥调是如何在历史上形成的。马拉美生前（如果他能活到现在该会多么痛苦！）已经看到他所创造的一些形象，就像他最迷人、最活泼的女儿们奄奄一息地躺在他不止一个狂热崇拜者所写下的平庸的诗句和模仿他的散文中。

在过了五十年之后，再想了解某一种风格的创新程度是非常困难的，为此需要按照时间顺序读完所有的名著。但是我们至少可以从现在出发进行评判，并且对其同时代的评论

①　这句话出自费奈隆的《忒勒马科斯历险记》。

给予一定的信任。巴贝·德奥维里①在乔治桑的作品中找到了很多"命运的天使"、"信仰之灯"、"蜜甜的杯子"之类的意象，这些肯定不是乔治桑首创的，也绝不属于她洗练风格的一部分。但是既然她想到的是这些"陈旧的比喻"，就说明她也想不出更好的选择。我觉得"边缘抹了蜂蜜的杯子"可以追溯到前希波克拉底②学说出现之前的蒙昧时代，陈词滥调总是生命力顽强！阿尔巴拉先生觉得"有些形象可以翻新，并重获青春"，他的这一观点非常有道理。确实存在很多这样的形象，尤其是在通俗词汇中。但是我并不觉得勒孔特·德利尔将月亮称为"昏暗的灯泡"是对拉马丁的"黄金灯泡"进行了多么优秀的改写。阿尔巴拉先生评价过很多的文学，他应该根据主题的意象来进行分类：月亮、星星、玫瑰、晨曦以及其他富有诗意的词汇，我们也能由此获得一部对词汇心理学和基础性情感的研究有裨益的文选。或许我们能知道为什么诗人如此喜爱月亮这一意象。在此期间，他还向我们介绍了他的下一本书：《通过模仿作家形成自己的风格》。而且我觉得，这一

---

① 巴贝·德奥维里（Barbey d'Aurevilly，1808—1889），法国作家、诗人、文学评论家、记者、辩论家，代表作有《无名故事》（*Une histoire sans nom*）。

② 希波克拉底（Hippocrates，前460—前370），古希腊伯里克利时代的医师，被西方尊为"医学之父"。他提出了"体液学说"，其医学观点对以后西方医学的发展有巨大影响。《希波克拉底誓言》是希波克拉底向医学界发出的行业道德倡议书。

系列丛书如果能完成,那么最后所有人都能写得非常好,此后文学界就会出现一种很好的文学中性风格,就像在绘画领域和所有国家备加呵护的其他不同美术领域一样,也会出现一种中庸的良好风格。那么不妨成立一家阿尔巴拉学院,就像"朱利安学院"(Académie Julian)①一样?

于是我就写了这本书,它并不缺什么,只是没有任何目的,只有纯粹的、没有功利心的分析。但是如果这本书必须要有一些影响力,如果它必须得让优秀的作家增多,那么我们就应该唾骂这本书。因为文学和所有的艺术形式一样,不但不应该把教材递到所有人手上,反而应该将所有秘密都放到喜马拉雅山那样的地方才是最明智的。然而话又说回来,其实并没什么秘密。要成为一个作家,只需要有职业天赋,并且坚持不懈地从事自己的职业,每天早上自己多学习一点,并且去感受所有的人性情感就够了。至于"创造形象"的艺术,要相信这种艺术绝对独立于所有的文学传统,因为最美、最真、最大胆的形象其实都隐藏在我们日常的语言中,都是我们本能的传统艺能,并自发地绽放在心灵的花园中。

1899 年 2 月

---

① 朱利安学院,法国巴黎的一所艺术学校。

2

潜意识的创造①

① 参考保罗·沙巴奈(Paul Chabaneix)博士,《大脑心理学:艺术家、学者和作家们的潜意识》(*A propos de Physiologie cérébrale. Le Subconscient chez les artistes, les savants et les écrivains*),巴黎,巴利耶尔(J.-B. Baillière)出版社。这一著作完成于里波(Ribot)先生杰出的作品《创造性的想象》(*L'Imagination créatrice*)出版时(1900 年 7 月)。——原书注

有一些人拥有特别的天赋，这些天赋会让他们在同类中脱颖而出。不论是铁饼运动员还是军事家，诗人还是屠夫，雕塑家还是金融家，只要他们超越了一般水平，就自然会受到更多的关注。人们分析他们才华中的过人之处，在分析的过程中，就会不断发现他们更多的与众不同。人们由此从人群中识别出一类人，他们的标志就是与众不同。同理，对普通人而言，他们的标志就是泯然于众人。有这样一些人，当他们开口说话时，我们永远不知道他们会说出什么。这样的人很少。也有另一些人，他们一开口，别人就知道他要说什么。我们由此可以推导出，人类之间存在非常敏锐的差异性，因为毫无疑问，哪怕第一眼看上去觉得差别最微小的两个相似之人，本质上也是截然相反的。这是人类最后的荣耀，这是科学无法夺走的荣耀：世界上尚未有关于人的真正的科学。

如果说不存在关于普通人类的科学，那么就更没有关于特殊人类的科学，因为他与众不同的表现让他孤独且独特，也就是说他是不可比较的。但是世界上存在一种生理学，一种普遍生理学：无论是什么生物，所有地球上的生物都呼吸着同样的空气，天才的大脑和贫瘠的大脑一样，都从感觉中获得最初的力量。至于感觉根据什么机制转化为行动，我们只是大概了解。我们只知道要实现这种转化，意识的介入并非必需。我们也知道，这种意识的介入可能会有害，因为它能够改变决定性的逻辑，打破一系列联想，有意识地在思想中创造出新的链条的第一个环。

意识是自由的本原，但不是艺术的本原。人们可以非常清晰地表达出在无意识的晦暗中接收到的信息。智力活动和意识的运行距离遥远，最容易受到扰乱。人们可能听不懂交响乐，尽管他们知道他们正在听。人们可能思考不出什么结果，尽管他们知道自己正在思考。对思考的意识并不等于思考本身。

潜意识的状态是一种完全自由的、自动的大脑状态，智力活动在意识的制约之下进行，稍处下风，处在意识活动的范畴之外。潜意识的思想可能永远不为人所知，但是当自动状态停止的那一刻，或者稍晚一些，甚至多年之后，潜意识都有可能会突然真相大白。因此,这些思考的行为并不属于严格意义上的潜意识的范围,因为它能够出现在意识中。另一方面,可能最好还是给这个宽泛的词汇保留一点专门的心理学赋予它的一种意义。尽管梦境也是潜意识的表现之一,但潜意识和梦境还是有区别的。梦几乎都是荒谬的,荒谬得很特别,完全没有条理,并随着被动关联①向前发展,而且其发展与普通的负面关联——不论是有意识还是无意识的普通负面关联②——都不相同。

---

① 在莫里(Maury)(见《睡眠与梦境》[*Le Sommeil et Rêves*])的一场梦中,"花园"一词将做梦者带到了波斯帝国,然后又带他读了《死驴》(*Ane mort*)(Jardin,Chardin,Janin);在阅读这部分梦里,"Gilolo""lobelia""Lopez"中的"lo"这个音节又把他带到了风马牛不相及的"loto"。然而诗人也会做类似的联想(比如通过尾韵、头韵),但是诗人有将其变得有逻辑的天赋,这就不是纯粹的梦能做到的了。维克多·雨果是真正的潜意识的化身,他成功地将两者结合起来——一开始只是无意中实现的——,有时结合得有点过度。——原书注

② 关于梦境,沙巴奈先生认为(原著第 17 页),那些经常通过视觉图像进行思考的人更容易做梦,梦中出现的图像都被放大了。但是我个人观察的结果并非如此。但是我只是用一个观察结果与许多观察结果相对比:一个作家无论怎样被内心的视觉图像困在失眠状态,也罕有形象化的梦境,更绝对不会有特殊的幻觉。最近,在白天重新翻阅了莫里的书籍之后,他晚上才第一次隐约出现了两三个临睡前那种模模糊糊的幻觉。可能是因为他对了解这种状态的渴望或者恐惧才导致的。这就可以解释书本为何能传染幻觉。他看到了千变万化的微光,面目狰狞的脑袋,还有一个披着绿衣服的人,与真人同等大小,他透过右眼的一角只能看到那个人的一半。这时他睁开了眼睛。这个人物很明显来自意大利绘画中的一个插图故事,他早上刚刚翻了一下。——原书注

想象的智性创造与频繁出现的潜意识状态是不可分的，这种类型的创造包括智者的发现和哲学家的意识构建。在这一类型中，这些进行创造或者发明活动的人都既是思想者，也是观察家。哪怕最冷静、最善于思考、最细心的作家——不论他自己的意志如何——也同样无时无刻不受益于潜意识工作的丰富滋养。作品是作家意志的体现，可能没有哪一部作品没有从潜意识中获得一定的美好和创新性。可能从来没有一句匠心独具的句子在写下来或说出来的时候不是和意识绝对相符的。在广泛而丰富的词汇记忆库中寻找唯一的那个词语是一件完全不受控于意识的事，那个词语刚刚出现，却常常在意识即将发现和抓住它的时候溜走。人们知道刻意寻找一个需要的词语有多么困难，而且人们同样也知道，当作家们沉浸于写作的狂热中时，能够多么轻松、多么迅速地找到最奇妙或者最美丽的词汇。

然而，如果说"记忆总是无意识的"[1]，那还是有失谨慎。记忆是秘密的池塘，潜意识在我们不知道的情况下撒下了渔网，但是意识也同样自愿在那儿捕鱼。这个池塘里满是从前的感觉不经意间捕捉到的鱼，潜意识对此了如指掌；意识不太擅长于捕鱼，尽管它采用了很多有用的方法，比如思想间的逻

———————————

① 　见《潜意识》(*Le Subconscient*)，第 11 页。——原书注

辑联系,或者图像的定位法。由于大脑在夜间或者微暗的灯光下也在工作,人们就获得了不同的个性,但是,除了在病理状态下,第二种状态无法像第一种状态一样在不干扰劳动者的情况下介入活动。大部分作品都是在这种条件下,依靠几方面的齐心协作,或者由作家主动想象出来,或者通过梦境想象出来,从而得以最后完成。

牛顿(他一直在思考这个问题)的思考中一直有潜意识的工作,但是他还会定期主动进行创作。意识有时候能感知得到思想,有时候感知不到,而思想由此探索了所有的可能性。而歌德的潜意识几乎一直很活跃,随时准备给意愿带来许多他在没有意愿参与并且远离意愿的情况下完成的作品。歌德本人曾在一本极为清晰和富有教益的书中解释了这个现象①:"所有行动的能力以及由此带来的所有的才华,都意味着一种作用于无意识和忽略规则的直觉的力量,而本原其实就居于这种无意识和对规则的无视之中。一个人越早接受教育,他就能越早知道世界上存在一种职业,一种技艺,这种技艺将为他提供方法,从而促进天赋得到规律性的发展。他后天学到的东西无论如何绝不会损害他本来的个性。最杰出的

---

① 歌德写给洪堡(G. de Humboldt)的书信,1832年3月17日(《潜意识》第16页)歌德当时八十三岁,五天后去世。艾克曼(Eckermann)在第二章引用了这封信的全文。德勒罗(Délerot)的翻译版本略有不同。——原书注

天才就是那种能吸收一切,能将所有的东西归于自己,绝不受制于天生个性的偏见的人。此处出现了意识和无意识之间的多种联系。人的器官通过练习、学习、坚持不懈的思考和已经获得的结果——好结果也罢,坏结果也罢——以及呼应与对抗,这些器官无意识地将直觉和后天习得的东西混杂到一起。这种混杂和化学反应既是有意识的,又是无意识的,最终形成一个和谐的整体,从而惊艳整个世界。我年轻的时候就有写《浮士德》的想法,现在已经过去了六十多年。当时的我觉得《浮士德》的结构利落简洁、出类拔萃,所有的场景仿佛历历在目。从此之后,写《浮士德》的计划就一直长留心中,让我念念不忘。既然念念不忘,我就对这部计划中的著作一再细细品味,甚至能逐个把年轻时印象最深刻的片段重新组织起来。但是这样做的结果就是,当我缺少这种兴趣时,思想就会像在第二部分的思想活动中那样产生空白。其实困难就在于要借助意志力强行获得那些说实话只能通过天性自发获得的东西。"但是与之相反的是,有时候一个作品是提前构思好的,作者一直拖延着不想写下来,最终却被强加给意志。在这种情况下,潜意识泛滥了,淹没了意识。是意识在强令我们写下来,而我们只是带着反感去写。只有痴迷才是无可战胜的,有时它甚至能打败最无耻的懒惰,最强烈的厌恶。在完成工作之后,我们也常常体验到类似于道德满足的一种满足之感。

48

责任的观念被误解了，它在恐惧的意识中造成了重创，或许这种责任观念就是一种潜意识形成的过程：痴迷也许是走向牺牲的一种力量，就像它是推动人们自杀的力量一样。

叔本华曾经把下意识所从事的晦暗、持续的工作比作一种反复思考，这种下意识是在囚禁于记忆的认知过程中出现的。这种思考是纯粹心理学的，足以改变信仰和信念。哈特曼[①]曾经观察到，本来一开始被完全排除在外的相反的想法，在经过一段时间以后，居然能够取代之前对一个人或一件事的想法。"在几天、几个礼拜、几个月之后，如果人们有机会或者就同一个主题发表一下观点，他会惊讶地发现，他已经经历了一次真正的思想变革，他之前觉得完全坚信的想法，现在却完全被弃之不顾，并且新的想法已经取而代之。这种无意识的消化过程和思想同化过程，我本人也常常经历。而且出于本能，我尽量避免被不成熟的想法扰乱思维，然而每当事关一些重要的问题时，它总是会影响我，影响到我的世界观和思想观。[②]"这个观点可以应用在有趣的宗教皈依现象上。人们某一天会突然感觉自己被带到或者被再次带到宗教思想那里，而宗教观点既禁欲，又没有恐惧，也没有改变想法的可能。这

---

① 哈特曼（Heinz Hartmann，1894—1970），德国著名的精神分析学家，被誉为"自我心理学之父"。

② 《潜意识》，第24页。——原书注

种事情无可怀疑。在皈依行为中，只有经过潜意识的长期运行，所有皈依新信仰的因素都已悄然集齐并结合起来之后，意愿才能开始行动。皈依者依靠却又不知其来源的这种新的力量，正是神学中所称的恩典。恩典又是辛苦的思考者的潜意识努力的结果，因此恩典就是潜意识的。

　　和哈特曼一样，阿尔弗雷·德·维尼也相信潜意识能够促进思想成熟，只不过他运用了直觉，而不是哲学预想。只要思想成熟了，潜意识就能找到它。成熟的思想发自自身，自我奉献，自带种类丰富的、所有可能的结果。我们可以假设，维尼的思路和歌德相同，他的潜意识有着遥远的期限，绵延很长的篇幅，非常长的篇幅，因为维尼先生的作品之间的间隔不同寻常的久远。其原因很有可能是这样的：有些潜意识一直处于非活跃状态，也存在另外一些潜意识，它们在度过一段活跃期之后，突然停止工作，或许是因为早衰，或许是因为大脑细胞中的某些联系改变了。拉辛就是一个极为特别的例子，他沉寂了二十年，其间只发表了两部形式上与其早期作品相似的作品。我们可以认为是因为宗教的谨慎导致他长时间拒绝听从潜意识的建议吗？是否可以认为宗教改变了其观念的本质，同时也减弱了他大脑的生理能力？有些观点认为，新的信仰是新的刺激源，拉辛的例子显然与之截然相反。因此，拉辛似乎是因为再也无话可说而自杀,就是这么简单:因为写作是共同的冒险,而他在宗教中找到了共同的慰藉。

因此我们要区分两种潜意识:一种潜意识的能量简洁有力,另一种潜意识的力量不太炙热,但却持久。这两种极端体现在一类作家身上,这种作家很年轻就写出了杰出的作品,但之后却很快沉寂。另一类是在六十年间一直有产出的作者,持续不断地提供着一个平庸、无用但下笔绵绵不绝的作家创作的景象。此处涉及的自然是那些想象力发挥最大作用的作品,以及那些潜意识占据主导作用的作品。

沙巴奈先生更为实际,分析的视角完全不同。他在研究过持续潜意识之后,将其分为夜间潜意识和清醒潜意识。夜间潜意识在梦中或者即将做梦前出现,与睡眠或者将睡未睡的时刻相关。莫里在极度悲痛时,细心地注意到他在闭上眼睛准备睡觉时产生的幻觉。这些将睡时的幻觉总是可见的,但是我们看不到它们能够对大脑中正在进行中的想法产生什么特别的影响。这些梦的雏形只会以梦的方式影响到思想的进程。有时候大脑有意识的工作在人做梦的时候依然持续进行,甚至圆满完成,当人醒来的时候,就会发现自己明明没有思考,居然毫无困难地解决了问题,谱写了诗歌,找到了他在清醒状态时怎么也找不到的解决之道。布达赫(Burdach)是柯尼斯堡(Koenigsberg)大学的教授,他在梦中完成了多次生理学发现,并且醒来之后都能成功验证。梦有时是一部作品的起点,有时候一部作品能够完全在梦中实现构思和最终完成。然而,这很有可能是清醒时意识自发地进行评判和对梦境进行修正的原因,意识由此赋予梦境真正的价值,去除掉哪怕最理智的梦中的不和谐之处。

在清醒的状态下,灵感似乎是潜意识在智性创造领域最清晰的展现。在敏锐的形式之下,灵感特别接近梦游症。苏格拉底(根据奥陆-热尔[Aulu-Gelle]的研究)、狄德罗、布莱克、雪莉、巴尔扎克的意见也支持这一观点。雷日(Régis)博士①认为,天才几乎都是"醒着的睡眠者";但是这位睡眠者在醒着的时候却常常"心不在焉",他的精神总是主动集中在某些问题上。有时候心理意识过度或者缺位的现象也会在某些例子中出现同样的现象。苏格拉底静坐的时候在思考些什么呢? 他在思考吗? 他知道自己在思考什么吗? 那些伊斯兰教的苦行僧们在思考吗? 当贝多芬不戴帽子,衣衫不整,像个流浪汉一样被抓的时候,他在思考吗? 他是否处在主动的执念之中或者近乎梦游状态? 他知道自己在冥思苦想什么吗? 或者说他的大脑是无意识的吗? 斯图亚特·密尔(Stuart Mill)在伦敦的街头构思自己的逻辑,在他每天从家到东印度公司

①　见《潜意识》前言。——原书注

的办公室的路上构思。人们会觉得这部作品并不是在完美的意识状态下形成的吗？沙巴奈先生认为[1]，斯图亚特·密尔的潜意识的作用是在熙熙攘攘的街上引领他走路，"他有内在中心的自动机制"。这个颠倒的名词比一些心理学家所认为的出现得更多，足以让人对灵感的真正性质产生怀疑。人们应该至少去探究一下，在一部作品刚开始实现的时候——哪怕还只是处于纯粹脑补阶段——，这项工作是否可以是完全潜意识的。莫扎特的诗只能解释莫扎特："当我感觉很舒适，或者心情很好的时候，我要么坐车旅游，要么在饭后散步；当夜晚降临而我又无法入眠的时候，思绪就如潮水一般向我涌来，而且还是以最为惬意的方式。他们从何而来？又是如何而来？我一无所知，我什么也没有做。我把那些令我愉悦的曲子保留在我的脑海中，并轻轻哼唱，直到别的曲子飘进我的脑海。有一次我哼着一首小曲，另一个曲调就立马跟上。作品的篇幅不断增长，我一直在听，并将它们打造得越来越面目清晰，因此作曲的过程就完全在我脑海中完成了，尽管历时漫长。我所经历过的这一切事情都感觉如同做了一场特别的美梦。如果我当时立刻写下来，那就只能在我大脑的包中拿出之前积累的东西，之前我已经说过这一点。而且不久之后我

也会把它们全部写在纸张上。一切都已经基本确定，我的乐谱和我之前在脑海中的构思不一样的情况极其罕见。甚至在我写乐谱的时候，别人可以随意打扰我。"①因此莫扎特的创作都是潜意识的，他所做的实体的工作只不过是复制抄写而已。我知道有一个作家不敢改动他自发写作时完成的作品，害怕自己犯色调上的错误。他知道自己再修改时的状态和他写作时的状态大不相同，而写作同时也是构思。一个听到的词语，一个隐约看到的姿势，一个穿越马路的人常常就是这些故事唯一的契机，让他开始即兴写作三四个小时。如果他按照预先的计划写，那么他几乎每次都写完第一页就放弃，另起炉灶完成整个作品，最终的结论就和最初他觉得是最佳选择的灵感截然不同。他在写作时，原计划中的某些部分也会被写下来，那是因为潜意识的巨大影响，但是此时作者已经意识不到那是潜意识的作用，只会在写作中才能重新发现这些想法，也只能通过纸张和墨水的颜色确定这些想法在过去的位置。有些别的作品篇幅很长，常常会反过来再次出现在他的脑海中。他意识得到自己每天会多次反复地沉浸其中，最终认识到这些梦境尽管模糊而断断续续，却在写作时让他的工作更轻松了。实际上，我从来没见过他为作品的主题忧心忡

① 《潜意识》，第 93 页，根据雅姆（Jahm）的说法。——原书注

忡,那些作品还普遍被认为是艰涩的文学。他从不主动说起这些,我真心觉得他只有在写下最艰难的最初几行文字的时候才会有意识地去想。但是一旦写作步入正轨,他就会全神贯注地投入,在这个过程中,潜意识的反复思考和主动进行的思考会连续不断地合而为一。

根据我的了解,维里耶·德·利尔-亚当①也有类似的写作方法:一个想法先是进入他的头脑中,它突然而至,常常是在一次对话的过程中出现的,因为他极为健谈,善用所有因素为己所用。这个想法首先从一扇小门进来,畏畏缩缩,悄无声息;之后不久它就自来熟地安顿下来,侵占了所有潜意识的领地;随后,它会时不时从意识中冒出来,实打实地让维里耶不得不服从这种顽念。因此无论他的对话者是谁,他都在说,即使是一个人独处的时候也在说,而且当他在讲述他的想法时,他讲述的方式总是仿佛旁若无人。我也零零碎碎地听说过有关他的很多这样的故事。有一天,我们坐在街角咖啡店的露天座位上,我仿佛听到一些胡言乱语,中间时不时出现这样的话:"那儿有只公鸡!有一只!"过了数月之后,《公鸡之歌》

---

① 维里耶·德·利尔-亚当(Villiers de L'Isle-Adam,1838—1889),法国象征主义作家、诗人与剧作家。其作品经常具有神秘与恐怖的元素,兼有浪漫主义风格,也被认为是法国科幻小说的开创性作家,代表作有小说《未来夏娃》(L'Ève future)等。现在的"Android"(机器人)一词即出自该小说。

(*Chant du Coq*)面世了,我方才明白过来。当时他话音低沉,根本就不是在和我说话。然而当他提高音量说出自己的想法时,他主动的意识目标是想看看听众对其灵感的看法。但是这个目的又渐渐变得晦暗下来,他的潜意识又在代替他说话。他的工作都是旷日持久的,《未来夏娃》问世前,他写了五本或六本手稿,而且第一个版本和最后一版已经截然不同,只有爱迪生(Edison)这个名字才能将他们联系起来。我们常常说一个不太写作的人是不勤奋的:我坚信维里耶・德・利尔-亚当从未有一刻停止写作,哪怕是在他睡觉的时候。尽管有时候他的各种想法会在注意力的周围建立起封锁的屏障,那么没有谁能比他更快速更聪颖地做出反应。他从不知道什么是清醒的末尾:在度过短暂的黑夜之后,他能够在从床上跳下来的同时立刻进入绝对的清晰状态,满血复活。尽管他是一个文学家,人们还是能从他的草稿中看到一种双重人格的雏形,在他的意识和潜意识混杂交错之处,很难把两者分开。但是写下莫扎特的两种人生反而很容易,一种是作为社会人的莫扎特,另一种是第二状态的莫扎特,两种人生都是非常合理的。

波德莱尔曾经说过:灵感是每天的工作。但这句名言似乎并不是他个人经历的总结。每天规律的工作,其实就是规范化的、被驯服的、被奴役的灵感。这些表述并不矛盾,因为毫无疑问,第二状态在变得周期性的同时只会变得更加深刻。

习惯很强大,它和本能结合起来,强化了一种心理状态,使其成为真正的需要。那些每天强制自己写作的人,如果哪一天没有服从这种习惯,尤其是还待在同一个环境中的话,就会在本应工作的那段时间和之后一段时间感觉到一些不适,有时候甚至会真的备感折磨。愧疚感或许没有别的来源,只是因为某种日常的习惯行为没有完成,或者因为某种非习惯行为极大地扰乱了日常的习惯进程。

如果说灵感是第二状态,那也可能是一种由意识所引发的第二状态。毫无疑问,艺术家、作家、学者们能够在需要的时候随时开始工作,无需任何准备,仅仅是因为出于需要的激励。而且另一方面,同样毫无疑问的是这样完成的作品与那些完全由想要完成的意志主宰下完成的作品一样出色。这并不是说潜意识在作家出于个人意愿开始的写作过程中是不活跃的,但是它的活跃性需要被激发。所以存在非自发性的一种潜意识,当意识有需要的时候,它就来加入意识;但是在工作的过程中,它就会一点点取代意识。人们常常只需要投入工作,就足以能感觉到那些曾经让努力裹足不前的困难一个接一个地烟消云散。但是这种推理也有可能不合逻辑,工作得以具体完成完全是因为之前矗立在意识面前的障碍已经提前弱化了。另外,无论是哪种情况,潜意识力量的干预都非常明显。

感觉是如何成为一种形象的？画面即思想；那么思想是如何发展的呢？它是如何采用了我们觉得最佳的那种形式的？对于写作来说，词汇的记忆也有贡献吗？还有如此多的我认为尚未解决的问题，而它们的答案对于想要给灵感下一个确切定义的人来说是必不可少的。里波先生[①]曾经写道："对创新性的创作来说，思考和意愿都无法弥补灵感。"他或许是对的，但是思考和意愿还是能够在创作这一神秘现象的演变过程中发挥一定的作用。此外，纯粹的智性自动主义思维的情况还是极为罕见的。或许应该这样假设：那些能够接受灵感的美好影响的人，同时也是能够比其他人更多、更频繁地感知到外部世界的冲击的人。富有想象力的也就是富有感知力的人。他们大脑中储存的内容肯定有各种丰富的元素，这与感觉有着恒定的联系，也就意味着一种敏锐的感知能力和能够不断感知变化的能力。这种感觉能力大部分属于潜意识的范畴。根据莱布尼茨的表述，有一种"我们的灵魂无法感知的思想"，同时也有一种我们的知觉无法感知到的感觉。或许有一些感觉曾经只通过潜意识的层面悄悄地来过，又悄悄地离开。最富有成效的观察都是我们在不知不觉中完成的那

---

① 见《情感心理学》。——洪堡（G. de Humboldt）认为："理智会结合、改变和更正，但无法创造，因为生命的本源不在于理智。"（"对法国新宪法的看法。"）——原书注

些,活着但并不去思考人生常常是认识生活的最佳方法。在半个多世纪之后,一个人的眼前会突然出现他在浑浑噩噩的童年时期生活的环境,看过的风景,发生的事情。儿童时期的他生活在一个外部世界里,将外部世界视为自己的一种依靠,只有纯粹生理上的烦恼。他在看,但却看而不见,当所有的中介物模糊不清的时候,他就进入了以转瞬即逝的感觉为主的时期,这些感觉在他眼前升起并活跃起来。很明显,在我们不知不觉中进入我们脑海的感觉并不能每时每刻都可以主动地唤起。但与之相反,有意识的感觉就可以突然而至,不需要意志提供任何帮助。因此,潜意识能够在两个层面上作用于感觉,而意识只能有一种影响:这就可以解释为何意志和思考在文学或艺术创作中的作用如此有限。

但它们在生活的其他活动中有多大影响呢?

原则上来看,人是一个自动装置,意识似乎是人的一个福利、一个附加的能力。但是有一点不能搞错:人在走路、行动、说话的时候不一定能够意识到自己在做这些事情,也并非完全意识不到。根据意识这个词精确、绝对的意义,意识本身只是小部分人独享的特权。而大多数人在聚集到一起的时候就会变得特别自动化,他们喜欢聚集、喜欢在同一个时刻一窝蜂地做同样的事情的本能充分见证了他们智商的本性。这些嘈杂的人群一到节日或者骚乱时期,都会急匆匆地涌向同一个地方,摆出同样的姿势,发出同样的呼喊,因此我们怎么可能想象他们中的成员能够有自己的意识、自己的意志呢?他们不过是暴雨之后从草根下面倾巢而出的蚂蚁,仅此而已。即便是有意识的人,如果他懵懂地混入了人群,随着人群的方向行动,也会失去其个性;他只是一只人造大章鱼的吸盘之一,他所有的感觉几乎都将在这只虚假动物的集约式大脑中白白死去。他几乎无法从这种接触中获得任何回报;从人群中走出来的人只留下一种印象,就像冒出水面的溺水者也只记得掉进水中的那种感觉。

应该从具有个人意识的一小部分天选之人中再去寻找人类真正出类拔萃的表率,他们并非引领者,而应该是评判者,因为引领有害,并且与直觉过于相悖。然而,这些被挑选出来的认真的沉思者只会在意识变成潜意识并且打开大脑的船闸、让那些他们从外部世界接收到的感觉在革新之后如浪潮般飞速奔向外部世界的时候才会实现自己全部的价值。它们都是奇妙的工具,其中潜意识全靠天赋发挥作用,天赋本身也是一种潜意识。歌德就是具备这类双重性格的人,也是人类智力的杰出英雄。

其他一些人不那么罕见,但没有那么完整。他们身上的意愿只起到普通的作用,而且他们一旦不受潜意识的影响,就几乎一无是处。他们的天赋常常更加单纯,更加有能量。他们是未知的上帝赋予的灵感拥有的最顺从的工具。但是就像莫扎特一样，他们并不知道自己在做什么，只是服从于一股无法抵抗的力量而已。这就是为什么格鲁克①要让人把他的钢琴搬到一片草原中间露天放着；这也是为什么海顿②凝望着戒指，为什么克莱比雍③生活在一群狗中，为什么席勒总是将腐烂的苹果装满书桌的抽屉，并时常去闻它们的气味。这些都是潜意识中最不起眼的怪念头，还有最为离谱的要求。

---

① 格鲁克（Christoph Willibald von Gluck，1714—1787），德国歌剧作曲家，代表作有《奥菲欧与优丽狄茜》《阿尔西斯特》。

② 海顿（Franz Joseph Haydn，1732—1809），奥地利古典主义作曲家，维也纳古典乐派奠基人，代表作有《第 45 号交响曲》《第 88 号交响曲》《四季》等。

③ 克莱比雍（Claude-Prosper Jolyot de Crébillon，1707—1777），法国戏剧家、小说家。

3

思想的瓦解

有两种思考的方式：或者接受现行的思想和思想的联结；或者为了自身需要而致力于创造新的思想联结，更为罕见的是致力于创新性的思想的瓦解。有能力这么做的人，根据他们其他天赋的程度、丰富性和多样性，或多或少是有创造力的人。这需要在传统旧思想、旧形象中想象出新的联系，或者把传统中结合在一起的旧思想和旧意象进行分离，并将其视作独立的个体，哪怕冒着还会将他们重新联系在一起的风险，哪怕冒着会催生出无限个新的联系的危险，而且这种新的联系还会被新的操作再次打破，直到形成暧昧不明的脆弱的新的联系。在依靠事实和经验的领域，这种操作会受到材料的抵抗力和物理法则的不宽容的限制。在纯粹的智性领域，它会屈服于逻辑，但是逻辑本身也是一种智力的织物，它的纵容度几乎永无止境。思想真正的联系和分裂（或者说意象的分裂，因为思想只是陈旧的意象）随着完全无法决定的曲折的道路发展前进，甚至能跟上大流也非常困难。并不存在远到一刻也不能形成流畅联系的思想，或者离经叛道到一刻也不能建立联系的意象。维克多·雨果看到一条缆线尖锐的边缘部分用破布包裹着，同时还看到悲剧女演员的膝盖上绑着棉垫，准备演第五幕的悲剧性摔倒①。这两件事情相距甚远，一处悬崖上绑着的绳子和女演员的膝盖在我们阅读的过程中同时出现，这种并置让我们痴迷不已，因为膝盖和绳子一个在上面，一个在下面跪着，都有一层"填充物"②；因为扔下来的绳子形成一处弯曲，就像一条弯曲的大腿；还因为吉利亚特（Giliatt）的处境是在悲剧之际；最后还因为在观察这些相似点的逻辑时，我们能发现奇妙的荒谬性，这样的结果也同样很不错。

这样的联系必然是最飘忽不定的，至少语言无法采纳，并且无法成为语言喜欢采纳以便丰富自己的比喻。因此这条绳子的褶皱被称作绳子的"膝盖"也就不足为奇。无论如何，这两个意象随时准备着分离；这种分离在思想的世界里永久居于统治地位，因为思想世界是一个自由恋爱的世界。思想简单的人总是对此感到大惊小怪。谁第一次敢说出大炮的"嘴

---

① 《海上劳工》第二卷，第一册，第二章。——原书注
② 技术用语。——原书注

巴"或者"口"的人——看这两个词汇哪一个最为古老而定——很可能被认为矫揉造作或者粗劣不堪。如果说绳子的"膝盖"是不合适的,那么说管道的"肘部"或者瓶子的"大肚皮"却丝毫没有不合适。但是这里举的例子只是一种机制的基本类型的例子,我们更熟悉这些机制的实务而非理论。我们将所有依然生动的意象暂且放到一边,集中精力考虑思想,也就是那些永远在人们的大脑中处于惊恐躁动状态的根深蒂固又转瞬即逝的阴影。

有些思想的联系非常持久,以至于它们看上去似乎会永远存在;它们也非常紧密,就像肉眼虽然努力去看但却无法将其分清的双子星一样。人们将其称作"老生常谈"。这种表达是一个古老的修辞学概念"现成论证"①的残余,后来尤其智性个人主义开始发展之后,它拥有了负面的意义,而它最初甚至直到 17 世纪的时候还远没有这个意思。同时,"老生常谈"在逐渐贬值,直到成为平庸、曾看到过、曾听说过的另一种表达方式,对那些头脑不够清晰的人群来说,老生常谈就是陈词滥调的一个同义词。只是,陈词滥调形容的是词语,而老生常

———————————

① 现成论证(Loci communes sermonis),修辞学家的任务是将具体情况或"假设"追溯到一般情况或"论点"。这样就形成了可以用于许多特定情况的 Loci communes 或 Loci(Loci 表示推论论据的地方或来源)。墨兰顿的著作《教义要点》(*Loci communes*)就是从修辞学家那里借来的词。

谈形容的是思想;陈词滥调修饰形式或文字,而老生常谈修饰本质或精神。如果将他们混淆了,那就是混淆了思想和思想的表现形式。陈词滥调可以立刻被察觉,而老生常谈却常常用貌似创新的装饰来遮掩自己。在人和文学中都没有很多用新的形式表达新的思想的范例;最艰难的精神经常会满足于这样或那样的愉悦感,当他的两种快乐没有被同时都剥夺掉的时候,那简直就开心了。这种情形也并不罕见。

老生常谈或多或少是一种平庸:这是一种平庸,但有时候无法避免;这是一种平庸,但已经被广为接受,以至于真相都成为它的名字。风行于世界的大多数真相(真相易流传)都可以看作老生常谈,也就是大多数人共同的思想联系,并且他们中间没有人胆敢用深思熟虑的思想将其打破。尽管人有说谎的倾向,但对他称之为真相的东西都极为尊重。因为真相是其生命之旅中防身的棍子,而老生常谈则是其褡裢中的面包和壶中的葡萄酒。一旦失去老生常谈式的真相,人们就觉得自己失去了防卫,失去了支柱,失去了食物。人们如此需要真相,以至于他们接受新的真相时也不丢掉旧的。受过教育的人的大脑是一座装满了自相矛盾的真相的博物馆。人不会觉得混乱,因为这是循序渐进的过程。他一个接一个地反复思考着他收集的真相。其思考如进食。如果有人在一个大盘子里将葡萄酒、咖啡以及从肉类到水果的各种不同的食物都混和成一堆糊糊,当成我们的"循序渐进"餐端给我们,我们恐怕会恶心得当场吐出来;如果有人让我们看到脑海中混杂在一起的各种相互矛盾的真相混合物,我们也会感到同样恶心。某些善于分析的大脑曾经尝试着清醒地列出他们的矛盾清单,但却徒劳无功;对于理智提出的每一个反对意见,情感都会找到借口来反驳,并且这种反驳会当场生效,因为正如里波所言,情感是对我们的内心影响最大的东西,因为它在我们心中代表了永久和持续。要列出别人的矛盾清单,如果这个人是一个独立的个体,那么其难度也不小。我们有时候会遇到虚伪者,他们的社会角色就像一块面纱,遮挡了他花里胡哨的信仰闪出的生动光芒。因此应该要调查所有的人,也就是整个人类群体,或者至少足够多的人群,使得一部分人的犬儒主义和另一部分人的虚伪得以相互抵消。

在低等动物世界和植物世界中,发芽是创造生命的方式。我们在思想的世界中也能看到分裂生殖的方式,但是它的结果不是一个新的生命,而是一种新的抽象。所有的通用语法或基本逻辑规则都在教授如何形成抽象思想。我们却忽略了教授如何不形成抽象思想,也就是为什么某种老生常谈在没有新的后续发展的情况下却依然顽强地保留了下来。这个问题非常敏感,但是它能引发很多有趣的评论。人们可以把这一章的标题称为"倔强的老生常谈"或者"分离某些思想的不可能性"。首先考察思想是如何相互联系的以及联系的目的何在可能会有所帮助。这种操作的方式是最简单的,它的原则就是类比。有些类比相距甚远,有些却十分接近,堪称触手可及。很多老生常谈都有一个历史渊源:在某些事件的影响下,有一天,两种思想结合在一起,而且这种结合会或多或少地具有延续性。欧洲曾经亲眼目睹拜占庭的没落与灭亡,于是它将拜占庭和衰败联系起来,制造了一个老生常谈的观点,这对所有写作或阅读的人来说,是一个不容置疑的真相,对于其他人,那些无法掌控他人所给予的真相的人来说也是如此。这种思想联系从拜占庭时代开始一直传播到整个罗马帝国。在智慧的、受人尊敬的历史学家眼里,它只是衰落的后果罢了。人们最近在一份严肃的报刊上看到这样一段话:"如果专制的形式拥有一项特别的道德观,即它是由精良的军队构成,那么难道帝国的建成不是罗马军事力量的一个发展时期吗?然而事实正相反,这也是崩溃和倒塌的信号。"①来源于基督教的这一条老生常谈在当代传播甚广,我们都知道它是由孟德斯鸠和吉本②传播开的。加斯东·帕里斯③先生将这一陈旧的观点完全分解,④使得它成为一种愚蠢的想法。但

① 《时间》(*Le Temps*),1899 年 10 月 31 日。——原书注

② 爱德华·吉本(Edward Gibbon,1737—1794),近代英国杰出的历史学家,代表作为《罗马帝国衰亡史》。

③ 加斯东·帕里斯(Gaston Paris,1839—1903),法国文献学家。

④ 《罗马尼亚》(*Romania*)第一卷,第 1 页。——原书注

是由于它的来源众所周知,我们见证了它的出现和死亡,因此可以充当一个例证,让大家很好地理解什么才是重大的历史真相。

老生常谈的隐秘目的,在形成之初其实就是表达真相。孤立的思想只能代表事实或抽象。但是为了得到一个真相,需要有两方面的因素,需要一个事实和一个抽象,因此老生常谈是最常见的繁衍方式。几乎所有的真相、所有的老生常谈都可以分解为这两个因素。

我们几乎一直可以用"真相"这个词与"老生常谈"并列使用,它的定义一旦给出,就一直成立:它是尚未被分解的老生常谈。这里的"分解"和我们说的分析同义。化学分析从不怀疑它所分解的对象的存在及其特性,它只是将其分解为不同元素,这些元素也都是可以被分解的。化学分析仅限于解放元素并且将其提供给一种化合过程,后者通过改变比例,并加入新元素,最终得到与之前截然不同的合成物。利用真相的残片,我们可以制造出一个"大相径庭"的真相,这个制造过程只是一场游戏,但依然和其他操作一样优秀。这些操作使得智者变得柔和,并引导他走向睥睨一切的高贵状态,而这种高贵状态正是他所憧憬的目标。

然而,还有一些真相,我们既不分析,也不否认;它们是不容置疑的,或许是来源于人类的长期经验,或许是科学界的公理之一。传教士在主教座上向路易十四说教："先生们,我们都会死的!"听到这一真理,皇帝眉头一皱,但并不打算反驳。但是这样的真相可能是最难建立的,它们属于那些还没有被广泛接受的真相。雅利安人并不是第一次尝试就能把死亡和必要性两种思想结合起来的,很多黑人部落目前依然没有做到这一点。对于黑人来说,不存在自然死亡或者必然死亡。每当有人死亡,他们都会求助于巫师,希望从他嘴里知道是谁带来了这场隐秘而神奇的罪恶。其实我们也依然有点停留在这种状态,每当有一个著名人物过早死亡,都会有下毒或者神秘谋杀的谣言四处流传。所有人都还记得关于甘必大①和菲利克斯·弗尔②死亡之后的流言。有关他们的流言自然而然地与动摇了 17 世纪末的那些传奇结合起来,与使得 16 世纪的意大利衰落的传言联系起来。司汤达在他的罗马佚事中滥用了这种下毒的迷信,直至今天,这种迷信依然在制造着不止一个司法受害者。

人们将观点联系起来并非通过逻辑,通过可以确认的真实性,而是通过喜好和兴趣。这就使得大部分的真相只不过

———————————

① 甘必大(Léon Gambetta,1838—1882),法国政治家,1881—1882 年任法国总理。

② 菲利克斯·弗尔(Félix Faure,1841—1899),1895—1899 年担任法国总统。

是偏见。那些最不容置疑的真相也只是那些人们试图用沉默的诡计阴险地击败的事实。同样的沉默与为分离老生常谈进行的努力针锋相对，人们能够看到一些针对某些真相的分离操作在缓慢地进行。

　　道德方面，老生常谈的分离状态似乎与智力文明的程度紧密相关。这里涉及的依然是某种反抗，并不是个人的反抗，而是作为构成国族（nation）的人群来共同反对一些显而易见的事实，这些事实提高了个人智性生活的强度，但根据我们的经验来看，也因此削减了集体的生命和力量。毫无疑问，一个人无法从不服从于已经条分缕析的偏见来获得长生不死，以及个人的福祉、个人全面发展的极大好处。然而如果构成一个集体的个体成员过于强大，相互之间过于独立，那么这个集体只能形成一群平庸之众。由此我们可以看出，社会直觉和个人直觉在这一点上形成了对立；我们也看到有一些社会在将一种道德当作社会模式来宣扬，在它所有高智商的成员们看来——人群的大多数成员都在紧紧追随着这些高智商的人——，这种道德是无用的、过时的、专制的。

　　在考察当前的性道德时，我们能发现这些原则有一个令人好奇的例子。这种道德，尤其是对于基督教徒而言，是建立在两种观点紧密的联系之上的，即肉体欢愉的观点和繁殖的观点。任何人，无论是个体的人还是集体的人群，只要没有分离这两种观点，就无法在精神上真正解放这一真相的组成元素。除了宗教法或世俗法所保护的纯粹生殖性的性行为之外（在我们以基督教为主导的文明中，世俗法只是对宗教法的模仿），性关系意味着罪恶、错误、失误、无能；那些从内心接受了这一规则，并且受到规则处罚的人，很显然属于一种还比较初级的文明。最高级的文明应该是个人更加自由、更不受责任约束的文明，这种命题只有在有人认为它在怂恿放纵行为，或者在贬低禁欲时才是可以质疑的。道德或不道德，在这里一点儿也不重要，这个命题如果准确，那么在我们看到事实的第一眼时就能一目了然。没有比这更简单的事了。哪怕是在那些最严格的推理者看来，欧洲出生率的统计数据表也能体现出在人民的智力发展程度和生育率之间有着紧密的联系和因果关系。对于个人和社会群体来说也是一样。正是因为智力低下，工人家庭才会没有任何限制地生儿育女。我们可以在郊区看到有些贫困的人生了十二个孩子，他们对生活的残酷感到惊惧不安。这些穷人本来没有信仰宗教的理由，却依然不懂得将肉体欢愉和繁殖分离开。在他们看来，第一个目的决定了另一个目的，行为与动作服从于一种幼稚的、近似动物般的人脑活动。真正达到了人的程度的人能够随心所欲地控制自己的生育。这是他的特权之一，但也是他只有为了死亡才会使用的一种特权之一。

实际上,对于被解放的个人来说,这种特殊的分离是好事,但是对群体来说,就远没有那么好。但是,通过维持目前这些对人类进步无用的必要的空洞,它将有利于文明未来的发展。

希腊人在很长时间以后才将女性和繁殖的想法分开;但是他们早在很久之前就已经把繁殖和肉体的欢愉分得很清。从他们不再将女人只看作繁殖工具的时候开始,交际花就开始当道了。另外,希腊人的性道德似乎一直非常模糊,但是这并不影响他们在历史上留下一些名声。

基督教不能鼓励肉体欢愉和繁殖之间的分离,对此它自己也不否认。但是结果却正好相反,正是基督教成功地引发了这种分离,爱、欲分开,这是全人类的重要成果之一。当初埃及人远远不能理解这种分离,以至于兄弟姐妹之间的爱情只要没有进行到性行为那一步,就根本不算什么。其实在大城市的下等阶级中,生活着很多这样自愿的精神埃及人。我们所了解的那些不同的乱伦类型说明类似的精神状态和一定程度的精神文明并不是绝对不相容的。基督教所独有的那种贞洁式的、脱离了一切肉体快乐的爱情形式是一种神圣的爱情,我们在沉思者们的神秘狂热中就能看到这种纯粹之爱的迸发;这是真正的纯粹的爱情,因为它与可以限定的东西毫无瓜葛,就是精神在为自己制造的无限的思想中自我陶醉。沉醉于肉欲的人致力于支配身体，追求对感官的依赖。因此我们无法在一部非生理学的研究中讨论这个问题。我们不恰当地称之为柏拉图式爱情的概念同样也是基督教的创造。总的来说，这是一种热烈的友情，与肉体的爱情一样强烈和充满妒忌，但是却超脱于肉体欢愉的理念，正如肉体欢愉的理念已经摆脱了繁殖思想的拖累。人类感情的这种理想状态是禁欲的第一步，我们可以将禁欲定义为所有思想都已分离的精神状态。

随着基督教影响的衰落，禁欲的第一阶段成了越来越少有人光顾的栖身之所，而禁欲也变得越来越少见，人们常常采用其他的方式实现禁欲。当今时代，爱情的理念与肉体的欢愉联系非常紧密，道德家们却在努力用繁殖的理念改变上述最初的联系。真是一种令人称奇的倒退。

我们可以通过研究某些智者认为的最重要的某些真相在随后几个世纪期间的分裂程度来尝试了解人类历史上的心理学。这种方式是基础，这种研究则是以历史研究为目标。既然人的一切都可以归结为智慧，那么历史的一切应该都可以归结为心理学。这种心理学是寻找事实的缘由，给出一个与外交性和战略性无关的解释。帮助圣女贞德完成其自认为是天降大任的那个使命的思想联系，或者说还未分离开的真相是什么？为了回答这个问题，应该要寻找法国人和英国人都能接受的思想,或者是所有基督教社会都能毫无疑义地接受的真相。圣女贞德的朋友和敌人都认为她拥有一种超自然的力量。英国人觉得她是一个法力高强的女巫师,人们的意见完全一致,并且有大量佐证。但对于她的拥护者来说呢? 可能也认为她是一个女巫师,或者说是一个魔法师。魔法不一定都是邪恶的。在他们的想象中,世间飞舞着一些超自然的精灵,既不是天使,也不是恶魔,但是其法力强大,人类可以唯其马首是瞻。魔法师一定是好巫师,否则我们怎么会把科学家说成有魔力的人,将大阿尔伯特①说成是圣人呢? 无论贞德是魔法师还是巫师,追随她的军人和抵抗她的军人很有可能都把她当成了自己内心中一个可怕的阴暗面本身。但是如果英国人大喊这个女巫师的名字,法国人却对这位魔法师的名字绝口不提,其原因或许与在历经各种奇妙冒险之后保护篡位者大强(Ta-Kiang)——俞第德·戈蒂埃在令人赞叹的《皇龙》(*Le Dragon impérial*)②中讲述过——的原因如出

---

① 大阿尔伯特(Saint Albert le Grand,约 1200—1280),中世纪著名的哲学家、神学家,被称为"万能博士",1260—1263 年任雷根斯堡主教。

② 《皇龙》,泰奥菲尔·戈蒂耶(Théophile Gautier)之女俞第德·戈蒂耶(Judith Gautier,1845—1917)的一部小说,完成于 1869 年。小说讲述的是中国清朝的康熙皇帝在位期间以雷霆之势统治着整个中国,但是一个平民出身的劳工大强(Ta-Kiang)却决心掌握自己的命运,夺取皇帝的最高权力,由此进行了一系列探险与征服。特别说明:"俞第德"为 Judith Gautier 自拟的汉语名字。

一辙。

在那个年代，每个社会阶层对军人的看法都是怎样的呢？能否从这个问题的答案中一窥整个历史的进程呢？如果以我们的时代做参照的话，人们就会想知道荣誉感和军队两者是在哪一时刻结合起来，成为人们的共识的呢？这是否是军队贵族政治理念的残余？这种联系是否是在三十年前的一系列事件之后形成的？当时人们热烈颂扬士兵，以便自我鼓励。应该好好理解这个荣誉概念，他本身包含了很多其他的理念，无畏、无私、纪律、牺牲、英雄主义、正直、忠诚、直率、好情绪、坦诚、平和、直爽、单纯等等。最终人们用这个词汇作为这种法国民族自我认可的品质的总结。因此确定这个词汇的来源，就是由此确定法国人开始自认为自己集以上各种美好品质之大成的年代。在法国，尽管近期有反对的声音，军人依然是荣誉感的典型代表。这两种观点强有力地结合起来，形成了一种目前无可争议的真相，只有那些支持平庸政权的人和其真诚度可疑的人才会去反驳。因此如果我们考察整个国家的情况的话，可以说这一思想联系的分离进展极为缓慢。然而至少在极为短暂的时间内，在一段心理学时间内，它是可以被一些人完全分解完毕的。在这一点上，如果只从智慧角度来看的话，此处为实现抽象思考需要付出极大的努力，当我们冷静地观察大脑这台机器的运作情况时，我们无法不赞美这种努力。或许获得的成果并不是一次正常推理的结果,这种分离是在一种临近狂热的状态中完成的。分离的过程是无意识的,瞬间完成的,但确确实实完成了,这对观察者来说非常重要。荣誉感及其各种言下之意与军人概念已经分离,此处的军人概念是基于事实的概念,也是一种可以随时接收各种品格称号的母性概念。并且我们也能看到,即使荣誉与军人概念之间存在某些逻辑联系,这种联系也不是必要的。这就是关键所在。当我们一旦确定各个因素之间的联系实为习惯性联系,而非必要联系时,那么就会有一种真相宣告消亡。真相的消亡对人类很有益处;如果这种分离是决定性的,而且很稳定,那么它就显得格外重要。不幸的是,在为追求这种纯粹观念而努力过之后,旧的思维习惯依然会找到它的王国。旧的品质性元素被勉强称得上新的元素取代,但是新元素的逻辑性不如旧元素,并且更没有必要。如此一来,似乎这个分离的操作已经流产。思想的联系又重新建立起来,与之前的联系完全相同,其中的一个元素像只旧手套一样被翻转过来使用:荣誉被可耻以及所有有关旧元素的外感观念取而代之,比如卑鄙、狡诈、无纪律、虚伪、伪善、恶毒等等。这种新的观念联系可能具有破坏性的价值,但没有任何智力上的益处。

有传闻说,我们觉得最清晰、最明显、最具体可见的思想却并没有足够的力量赤裸裸地强加给普通人。今天的大脑要想领会军队的概念，就必须在其周围加上一些仅仅与主要思想仅有一丝偶遇或者意见关联的元素。我们可能无法要求一位卑微的政客能够和拿破仑一样建立起一种极简的军队观念：剑。只有那些非常复杂的大脑才能理解极简的观念。然而，将军队仅仅看作国家实力的外化似乎也并不荒谬。那么就只要求这种力量具备它应该有的品质就好。或许这么考虑还是太过简单了？

现在是研究思想联系和分离机制的多么好的时候！人们常常谈论思想，就思想的演变著书立说。没有哪个词汇比"思想"的定义更差，含义更模糊。有些幼稚的作家居然试图论述**"思想"**，有些社会群体突然转向**"思想"**发展；有些人投身于**"思想"**，为**"思想"**受苦，梦想着**"思想"**，生活中目光一直聚焦于**"思想"**。这种胡言乱语究竟是在讨论什么问题呢，我一直无法理解。尽管这个词语独立使用，但是它或许是"理想"这个词的变体。或许这个品质词汇也是隐藏的含义？它是否是黑格尔哲学留下的那些游走性的残余？巨大的社会冰川在缓慢移动的过程中会在它经过的几个脑袋中留下这些残片，于是它们就像石块一样在人的大脑中滚动并发出声音？我们不得而知。这个词使用的形式是相对的，如果用于普通的措辞，其意义就不是那么清晰；人们常常忘记了这个词语的本来意义，忘记了思想只是一个达到抽象状态的、概念状态的意象。

同样也忘记了一个概念要想获得思想之名,就必须不向任何偶然性妥协,以保证一种纯洁的状态。达到思想状态的概念已经不容质疑,它会是一个数字,一个符号,它是思想字母表中的一个字母。并没有真的思想和假的思想之分。思想必然是真的;有争议的思想是一种与具体概念相混合的思想,也就是真相。分裂的操作恰恰就在于把真相的所有脆弱的部分剥离,只留下纯粹的思想,一个纯粹的无懈可击的思想。但是,如果我们永远只使用词汇单一和绝对的意义,那么话语中思想的联系就很难实现;所以要保留一些用法的模糊性和灵活性,不应该太过坚持抽象和具体之间的分水岭。在冰与水之间存在一种中间状态,那就是当水开始形成冰针的形状,被插进水中的手折断并发出破裂声的时候:或许不应该要求哲学教材中的词汇放弃所有具有含糊性的抱负?

军队观念引发了激烈的论战,它仅有的片刻超脱也只是为了再次变得面目模糊。这种话题涉及具体概念,如果我们不认真参照现实的话就无法评论。公正的观念却正好相反,能够以抽象的方式观照自身。在里波先生所做的关于大众思想的调查中,几乎所有的受访者在听到有人说出"公正"这个词语的时候,都会联想到那位传奇女人和她的天平。在这种对一个抽象概念的传统塑型中,有这一思想的起源概念。实际上公正观念不是别的,就是平衡观。公正是一系列行动的死点①,是各种反作用力为了创造惯性而相互中和的理想点②。跨越过绝对公正的死点的生命再也不能存活,因为生命的观念和力量的斗争的观念一样,必然是公正的观念。公正的统治只是沉默和僵硬的统治:嘴唇紧闭不语,那些麻木的脑袋只是一堆器官在徒劳地运转,在冷淡的空气中,社会成员未完工的作品也不再继续书写。神学将公正放在世界之上,认为它属于永恒。只有这样这一概念才能被理解,并且才能在不对生命造成威胁的情况下一劳永逸地实施它的暴政,这种暴政只有一种停止的方式,就是死亡。因此,公正观念就成为不容置疑并且无法论证的系列观念之一。我们对纯粹的状态无能为力,必须把它与一些事实因素结合起来,或者放弃那些只符合一种难以理解的整体的词语。说真的,公正思想或许就是在此处遇到了第一次分离。人们要么用这个名词减轻惩罚思想的意义——这一点人们都很熟悉——,要么用它来减轻不予惩罚思想,这是一种中性思想,也是第一种思想如影随形的衍生观念。它意味着惩罚有罪者,不冤枉无辜者。为了能让人理解,就需要立刻给出有罪和无罪的定义。这件事

---

① 死点,关于机械的术语。当从动件上的传动角等于零时,驱动力对从动件的有效回转力矩为零,这个位置称为机构的死点位置,也就是机构中从动件与连杆共线的位置称为机构的死点位置。

② 理想点,在双曲线几何中,理想点、欧米茄点或无穷远点是双曲面平面空间外的明确定义点。

很困难，因为道德范畴的词汇其意义不可捉摸，并且都是相对的。人们可能会这么问，一个犯罪的人就应该受到惩罚吗？为什么？与我们的感受相反的是，一个被认为健康、正常的无辜者，应该比一个生病或虚弱的罪人更能承受得住惩罚。如果一个小偷有偷窃的理由，那么为什么不放过小偷，去惩罚那个愚蠢到被人偷窃的人呢？如果公正不再是一种神学概念，而是依然和斯巴达时代一样只是对自然的模仿，那么公正思想就会干出这样的事情。其实如果不遵循不平衡、不公正的原则行事，那么一切也就不会存在。所有的存在都是对其他存在的偷窃，生命之花只会绽放在他人的坟墓之上。如果公正观念希望自己是自然法则的补充者而非否定者，那么人类就会努力扶强凌弱，并且把民众充当贵族的阶梯。与此相反，我们今后对公正思想的理解，应该同时包含惩罚罪人、消灭强者，以及不惩罚无辜者、扶助卑微者。这一复杂、杂糅、虚伪的思想的根源应该到福音书中寻找，到犹太煽动家主张的"富人的不幸"中寻找。根据以上的理解，公正思想还同时感染了仇恨和嫉妒；它不再有丝毫这个词最初的意义，人们在对其进行分析时很难不被一些词汇的庸俗意义所欺骗。但是，只要小心注意，人们就能够分辨出这个实用的词语发生贬值的第一个原因，就是来源于权利观念和惩罚观念的混合。在公正这个词语的意思是罪犯的公正或者平民的公正的时候，民众将这两个实践的概念混淆了，而那些负责教育民众的老师们没有做到努力区分这两个层次，只是出于自己的利益考虑加深了这种误解。最终，公正真正的意思似乎已经完全从人类的词汇表中依然在列的这个词语中消失不见了。这个词语可以被分解为依然非常复杂的元素，人们从中分辨出了权力的观念和惩罚的观念。但是，在这种特殊的组合中还是存在很多不合逻辑之处，如果社会事实没有提供证据的话，人们将会对这种组合的确切性表示质疑。

在这里，我们可以考虑一下这个问题：对于大众，对于普通老百姓来说，是否真的存在抽象词语？可能性很小。根据精神文化的发展程度来说，可能同一个词语对不同的人只能达到不同等级的抽象程度。纯粹的思想或多或少地会受到个人、阶级和团体利益考虑的污染，比如正义这个词就包含了所有特殊的、有局限的含义，在这些含义之下，它的最高含义反而消失不见，或者被碾压破坏。

当一种思想被分解，如果我们将其赤条条地放回流通领域，那么它就会在四处漂流中沾染上各种寄生植物。有时候，原本的生物自己首先消失了，完全被发展壮大起来的自私的殖民者吞噬殆尽。这种思想的偏移最近刚好有个很有意思的例子，那就是建筑绘画协会为名为"共和国的胜利"的庆典组织的活动。这些工人挥舞着会旗，旗子上写着他们对社会公正的诉求概括成的一个口号："打倒瓷漆！"要知道瓷漆是一种预制好的油漆，哪一个先到的工人都可以把它涂在木材上。我们能够理解他们心愿的真诚，以及他们的淳朴。这里的瓷漆代表着不公正和压迫，它是敌人，是魔鬼。其实我们人人都有自己的瓷漆，我们按照自己的目的将抽象的思想任意染色，要是没有这些瓷漆，这些抽象的思想对我们来说简直一无是处。

　　政客们就是在这种五颜六色的模式之下向我们传达自由的思想。一听到这个词，我们只能想到政治上的自由，而且似乎一个文明人所能享有的所有自由，都已经包含在这个模糊的表达中。此外，和纯粹的公正思想一样，也有纯粹的自由思想。它在我们的日常生活中对我们毫无用处。人不是自由的，大自然也不是自由的，人和自然更不是公正的。推理对这样的思想从未有过任何作用。将他们表达出来，就等于在证实他们，但是它们必然会误导所有人们想要论述它们的论文。如果把自由思想缩减为它的社会层面的意义，那么它依然是被错误分解的。没有所谓普遍的自由思想，而且硬要制造出一个来也很困难，因为一个个体的自由意味着需要损害另一个人的自由。过去，自由的别称是特权，"赢者通吃"或许才是它真正的名字。时至今日也依然如此，媒体自由作为一种相对自由，也是一种特权的总称。让渡给律师的言论自由也是一种特权。工会自由也是特权,也许未来就会轮到人们推荐给我们的思想的联系自由成为特权。自由思想或许只是特权思想的一种夸张的变形。讲拉丁语的人对"自由"这个词的使用极为广泛,但是他们所理解的自由就等同于罗马公民的特权。

在一个词的通俗含义和它深藏于各种阴暗的语言意识之下的真正含义之间,总是存在着巨大的差异,或许是因为许多有联系的意义用同一个词语来表达,或许是因为次要意义的侵略导致初始的意义消失了。因此,在大多数情况下,人们可以写出一系列同时具有开放意义和隐含意义的句子。词汇就是符号,它们几乎都是数字。无意识的约定俗成的语言极为常用(usiter),甚至会有素材中含有某个词唯一的用法。但是,数字就意味着解码。哪怕最真诚的作品要理解也是很难的,甚至作者本人都常常无法做到,因为词语的意义理解不仅仅在人与人之间有差异,而且对于同一个人的不同时刻也会有所不同。语言由此成为欺骗的重要原因。词语朝着抽象发现,而生活却朝着最具体的现实发展;话语和话语描述的事物之间,隔着风景和对风景的描述之间的距离。还要想到的一点,就是我们所描绘的风景在大多数情况下,只能通过话语以及对之前话语的反响来了解。然而我们依然还是能够理解的。这是一个奇迹,我目前还不想对此加以分析。为了完成本次概述——仅仅是一种方法——，努力分析现代艺术和美学思想可能更为适宜。

　　我至今不知道这些思想的来源，但是它们肯定在经典语言之后出现，后者尚未找到固定、确切的词语来表达这些思想，尽管旧的语言比我们的更善于享受它们所包含的现实。它们之间盘根错节，艺术的思想依赖于美学思想。但是美学思想本身不是别的，只是关于和谐的思想，而和谐的思想又可以归结为逻辑的思想。美，就意味着各归各位。美正是由此给予我们美感。或者说美就是一种能够被理解为愉悦的逻辑。如果承认了这一点，那么人们就马上可以理解为何在女性主义的社会中，美学思想总是局限于女性之美。美，就是女人。这是一个有趣的分析主题，但是问题比较复杂。首先要说明的是，女人并不比男人更美；其次还要证明，男女生活在同一个大自然，同一个次元之中，身体的构造模式相同，拥有同样的血肉之躯。对任何一个非人类的敏感的智能生物来说，女人们完全就是男人的女版而已，正如母马与公马的关系。甚至不仅如此，如果靠近细看，想要研究地球的地形美学的火星人就能观察到这样的结果：如果说同种族、同阶级、同年龄的男女之间有着不同的美感，那么这种不同几乎总是对男性更有利；如果男女都不算很美，那么人种的缺陷总是在女人身上更为突出，本应可能产生性吸引力的肚子和屁股如果都鼓起来的话就会使身材的两侧线条轮廓粗俗难看；胸部的曲线总是被背部线条拖累，因为背部很有可能会变得驼背。克拉纳赫[①]作品中的裸体者稚拙地承认了女人永久性的缺点。另一个艺术家审美在线的时候总是会本能地加以修正的缺点就是：腿太短。这个缺点在裸女照片中总是显得特别突出。这种对于女性美感冷冰冰的解剖学研究很常见，因此固执己见是没有用的，更何况这种事验证起来简直太容易了。但是如果女性之美这么经不起批评，那么它又是如何变得如此不容置疑，甚至我们都觉得女性之美就是美学理念的基础和起点呢？答案就在于性暗示。美学理念并不是一种纯粹的理念；它与肉体欢愉的思想已经紧密结合在一起。在司汤达将美定义为"幸福的承诺"时，就已经隐晦地发现了这个因果关系。美就是女性，甚至对女性自己来说也是如此。她们一直在推广女性对男人的服从性，最后自己也接受了这条设定，她们只有在极度荒淫的性爱中才能理解美即女性这一点。然而，我们知道女人拥有一种独特的美，但是男人却因为"伪娘"这个称呼自发地让这种女性特质的美枯萎而逝。女人们很真诚，她们长期以来同样忍受着对于女性美丽的负面评价，男人们很容易就被这种歧视性的名字带偏了。

---

① 克拉纳赫（Lucas Cranach，1472—1553），德国文艺复兴时期与丢勒、格吕内瓦尔德并驾齐驱的绘画大师，代表作有《黄金时代》等。

女人和美之间的同一性在今天传播如此深远，以至于人们会无意识地向我们宣扬"女性至尊"论，也就是说对美的颂扬和所有司汤达式的承诺都包含在这个变得色情化的词语之中。美即女人，女人即美。漫画家们强调这种共识，并一直将它与女人联系到一起，他们尽力美化女人，并且将男人丑化到最粗俗的程度。然而美丽的女人在生活中其实极为罕见，而且在三十岁之后，女人与同龄的丈夫或情人相比，其外貌的颜值几乎都处于下风。不过颜值的低下确实更容易感觉，但不容易说明。而且某一页一旦读完，那么对于那个读书的人或者写书的人来说，其颜值证明过程依然是无效的。这也是件极其幸福的事吧。

美的观念只是被美学家们分解了，一般男人采用的还是司汤达的定义。也就是说，美这个观念并不存在，并且它被幸福、性满足、女人给予的愉悦彻底吞噬掉了。正因为如此，对美的崇拜才会让分析过一些抽象词汇的价值的道德家们觉得可疑。他们将对美的崇拜解读为对色情的崇拜，如果后者没有对男人最自然的天性之一采取一种比较愚蠢的侮辱态度的话，那么他们或许有几分道理。在反对对女性的过度神化时，就必然会触及艺术的权利。艺术是美的表达，美只能在它所包含的真正美的思想的物质空间之中才能被人理解，于是艺术几乎成了女性专属。美即女人，而且艺术也即女人。但是最后这一条不那么绝对。艺术的概念对于艺术家和智者来说是非常清晰的概念，艺术思想更要超脱得多。有一种纯粹的艺术，它只关注自我实现。不应该给它下任何定义，这种艺术只能通过将艺术和陌生的、倾向于把它变得更加隐晦、把它玷污的观念结合起来而实现。

在这种观念的分离之前——这种分离也是最近才有的，而且人们了解其来源——，艺术的观念与许多一般来说与其格格不入的观点联系在一起，比如道德观、效用观、教育观。艺术是有教益的意象，人们将其加入宗教或哲学的入门教程之中。以上是前两个世纪人们的艺术观。我们早已摆脱了这个枷锁，现在却有人想重新给我们套上这些桎梏。艺术思想被效用思想再度污染，艺术被一些现代说教家称作社会化的艺术。当涉及主要功能的消极意义时，艺术还被认为是民主的——这是一些精心选择的修饰词。因为艺术能够教化个体或人群才承认它是艺术，就等于人们因为能够从玫瑰中提取到对眼睛有益的药方，所以才承认它们是玫瑰。这种做法其实混淆了智商正常发挥时在不同层面展开的两类概念，外形艺术有自己的一种语言，但是它无法翻译成词语或句子。艺术作品的语言只针对美的感觉和作品本身，而且它另外所表达的对我们其他方面的能力来说能够感知到的东西其实并不值得一听。然而，让社会艺术的鼓吹者们感兴趣的恰恰就是这种空洞的部分。他们数量众多，鉴于我们的运行规则就是多数派说了算，那么他们的成功就显得很有保证了。艺术思想可能只在少数年份被少数智者分离开来。

因此，世界上存在数量众多的思想，人们从未使用过它们的纯粹状态，或者是因为它们尚未被成功分离开，或者是因为这种分离无法保持在稳定状态。还有数量众多的思想保持在分裂状态，或者我们可以暂时这么认为，但是这种分裂状态的思想与其他观点有一种特殊的相似性，人们经常遇到的是后者。另外还有一些观点抗拒思想的联系，但是它们所对应的事实却极为常见。下面是一些有关老生常谈或曰真相这个有趣的领域中选取的关于相似性和排斥性的例子。

旗帜首先是宗教标志，就像圣德尼①的方形王旗，而且他们的象征性作用至今依然和他们的实际作用至少同等重要。但是在战争之外，他们是如何成为一个祖国在思想上的象征的呢？这个问题用事实来解释比通过抽象逻辑来解释

① 圣德尼（Saint Denis，？—250年），基督教圣徒与殉教者。曾任巴黎主教，在罗马皇帝德西乌斯迫害基督教时遇难。被后世奉为法国与巴黎的主保圣人。传说他被斩首后仍拾起自己的头颅边走边讲道，走过的路程长达十公里，一直走到如今巴黎的圣德尼地区才倒地而死。圣德尼旗据说是在圣德尼被砍头处决时，浸透了这位圣徒的鲜血的一面旗帜。法国王室在中世纪时一直使用这面旗帜，后来该旗又落入查理大帝之手。圣德尼旗是法国王室和军队权威的象征，平日放于圣德尼修道院，在法国王室进行战争时取出，象征着法国军队在战争中血战到底、绝不宽容的意志。

更容易。今天,在几乎所有的文明国家中,祖国的概念和国旗不容辩驳地联系在一起,两个词语甚至可以相互指代。但是这种关系既涉及象征也涉及思想的联系。如果人们继续探究下去,就会接触到表示色彩的语言,它们和花语一样也是一类语言,但是比花语更不稳定、更随意。如果法国国旗上的蓝色是指圣母玛利亚及其孩子所代表的虔诚颜色——这一点很有意思——,那么圣德尼的袍子那表示笃信的紫红色也应该成为大革命的象征。与伊壁鸠鲁描绘的原子[①]一样,这些概念在偶然间发生的相遇、冲击和意外事故中都会相互抓紧对方。

某些思想的联系尽管发生得晚,却迅速获得了特别的权威地位,教育和智力之间以及教育和道德之间的联系就是如此。然而,教育最多不过能够表达一种记忆的特殊形式,或者是关于《十诫》的老生常谈的字面知识。这些强制联系的荒谬在涉及女人的时候表现得尤其明显。似乎有这样一种教育,人们在专门的教育时间把东西教给她们,然而这种教育非但没能激活她们的智力,反而让她们更加愚钝。自从

---

① 伊壁鸠鲁原子论,伊壁鸠鲁在德谟克利特的原子论学说的基础上做了进一步发展,认为万物皆由极小的原子构成,而且原子不仅有大小、形状、位置和次序的差别,还有重量上的不同;原子不仅有直线运动,还可能产生脱离直线的倾斜运动,这种倾斜运动使原子之间产生冲突而互相结合起来,因而产生世界万物。伊壁鸠鲁的思想将原子论学说向前大大推进了一步。

人们开始认真地教育女性,她们在政治和文学领域就再也没有任何影响力了。我们不妨对比最近三十年以来的情况和旧体制时期的三十年,看看是否如此。这两种思想的联系也没少成为真正的老生常谈,而展示这些老生常谈和与其做斗争同样都是无用的。这些观点与书籍和人们退化的额叶中所充斥的观点并无二致,与这些陈旧的所谓真理并无二致,比如:美德—奖励、罪恶—惩戒、上帝—仁慈、罪行—悔恨、义务—幸福、权威—尊重、不幸—惩罚、未来—进步,以及其他数千条,其中有那么几条尽管很荒谬,但对整个人类还是有点用的。

　　人们非常热衷于进行各种不相匹配的放肆行为,却拒绝把其中一些思想联系起来,我们也把后者列了一个长长的目录。我们在上面也解释了人类为何会有这种冥顽不灵的态度,因为他们汲汲以求的是寻找幸福,他们的思考更多地是出于利益,而不是出于逻辑。由此,普遍性的厌恶感就借助死亡与虚无思想合而为一。尽管厌恶感很明显是包含在虚无之中的,但是人类却坚持将它们分开看待。人类在动用全部力量来反对这两者的结合,并且不知疲倦地在两者之间凿出一个虚幻的角落,其中回荡着希望的锤子声声的敲打。这是我们能给自己的一个最美的不合逻辑的例子,并且也是最好的证明:无论是在最重要还是最微不足道的事物中,情感始终立于理智水穷处。

　　知道这些,是否算是收获颇丰呢? 或许吧。

1899 年 11 月

4

马拉美与颓废之思

颓废,这是无知的学究们惯用的词,

而这个模糊的词语背后,

往往掩饰着我们的懒惰,

以及对法则的漠不关心。

波德莱尔,《给于勒·贾南的一封信》

I

将近 1885 年时,颓废思想突然间进入到法国文学之中。在褒奖抑或是嘲弄了一个群体的诗人之后,这一思想最终遁避于仅仅一人的头脑之中。如果这个词能够以它本身真正的意义被理解、被使用的话,那么斯特凡纳·马拉美便是这个讽刺到近乎不体面的王国中的王子。但是,出于拉丁遗风造成的独特性,学院派的人在面对任何新的尝试、面对让整整一代人寝食难安的对创新的狂热时往往感到一种可以理解但却不健康的恐惧之感,因此他们才如此看待颓废思想。马拉美先生被认为要对那些由他激起的反叛行径负责,对于那些只知跟随,却从不指引商队前进的单纯的赶驴人来说,他就像是令人恐惧的阿拉丁,是那些关于万能的模仿的好好原则的谋杀犯。

总之,这都是些非常文学味道的习惯。这些习惯很快就要繁荣发展近三个世纪了,那些最著名的反叛几乎没能撼动它们的细枝末节,更不曾将其连根拔除。自从野蛮生长的浪漫主义过后,我们只能在枯草中苟延残喘,匍匐前进。人们用枯草制成约束我们的戒尺。

这些也是非常拉丁语风格的习惯。只要罗马人仍是罗马人,他们便会一直无视个人主义观念。他们的文明展现的是十分美好的社会化动物性场景和精神。他们执着地追求相似,正如我们对差异的孜孜以求。一旦他们有了五个或是六个诗人——让我们开心地丢掉那些来自希腊的翻版作品——,他们便再也忍受不了别的诗人了。或许真的有可能,在他们身上,社会性本能或是种族天性远胜自由或是个人主义的天性。他们可能整整四五个世纪都没有出过一个天性自由的诗人。他们有皇帝,也有维吉尔;他们既臣服于前者,也臣服于后者的统治,直到基督徒的叛乱和蛮族的侵略纷纷在卡比托利山①下大展拳脚。文学意义上的自由和其他自由一样,诞生于意识和力量的团结一致。当写出虔诚乐曲的圣安布罗斯不懂贺拉斯②所规定的原则之时,他应该被后世纪念,因为他明确地宣告,一种崭新的思维诞生了。

我们从罗马人的政治史当中看到了历史领域的颓废思想,同样,他们的文学史也为我们提供了文学上颓废的例证。就好似一个相同概念的不同两面,因为很容易指出两件事情的巧合之处,而且很容易让人相信这两件事的发展过程也是相互关联而且是必要的。孟德斯鸠就曾因为被这种幻象欺骗而暴得大名。

野蛮人很难承认自然死亡。他们认为,所有的死亡都是谋杀。他们没有一丁点的法律意识,生活在偶然之中。我们一般认为这种思维状态是低等状态,这是对的,尽管严刑律法

---

① 卡皮托利山,罗马的七座山丘之一,是罗马的宗教活动中心,后来成为城市政治中心的象征。罗马时代的每个城市一般都有自己的一座卡皮托利山。

② 贺拉斯(Horace,前65—前8),古罗马文学“黄金时代”的代表人物之一,与维吉尔、奥维德并称为古罗马三大诗人,为17世纪古典主义制定了基本原则,代表作有《诗艺》等。

的概念与对严刑律法的否定一样都是错误的、危险的。自然法则的存在是绝对必要的,它们不会区别对待,也不会随意改变。如果涉及人民在社会与政治方面的演变,那么不仅必要的法律将会消失,甚至更为普通的法律也将不复存在。或者这些法律与它们意在解释的事实相融合,最后沦为一些明智而又体面的论断。又或者它们不过是断定了社会运动的原则而已,只不过略加突出。帝国诞生、发展、消亡,在此期间,社会性的结合一直处于不稳定的状态,在不同的时期,人类群体有着不同的凝聚力,新的关系产生并不断普及……如果我们不是坚持要严格地将哲学与关于意料之外的灾难的现实相对应的话,以上这些便是一个社会机制论可写的内容。因为我们必须将某个地方留给未知,这个未知的地方有时甚至会成为整个王位,讽刺不时从中闪烁,并发出嗤笑。因此颓废之思也仅仅是对自然死亡的思考。历史学家们并不承认其他形式的死亡。为了解释为何拜占庭会被土耳其人占领,他们会强迫我们听神学家们的叽叽喳喳,在听马戏表演中,贵族的鞭子啪啪作响。从隆乡(Longchamps)①到色当(Sedan)②,从爱普

---

① 隆乡,法国北部上诺曼底地区厄尔(l'Eure)省的一个小村庄。
② 色当,位于法国东北部的阿登省。1870年普法战争时期,法德两国曾经在色当进行了一场规模庞大的战役。色当战役是世界近代史上的一次著名战役,标志着法兰西第二帝国的灭亡和德意志帝国的建立。

索姆（Epsom）①到滑铁卢（Waterloo）②，他们的态度莫不如此。那些毁灭帝国的漫长衰落史算得上是历史长河中最奇异的幻象之一。如果说一些帝国死于生老病死，那么大部分帝国的情况却正好相反，它们都是在国力处于鼎盛时期、知识文化充满活力的时候暴然而亡。

另外，智慧是个人化的东西，我们无法在某个民族的力量与个人的天赋之间建立起任何合理的联系：无论是希腊文学，还是中世纪文学都不能与希腊、意大利或是法国稳定且强有力的政治力量相匹配。正是在他们的国力凋零之时，斯堪的纳维亚的各个王国中独特的天才们才得以闪耀光辉。如果说政治衰落是最有利于催生精神繁荣的状态，那么我们距离事实可能就更近了一步：正当古斯塔夫-阿道夫和查理十二时代难以为继之时，易卜生和比杰松③横空出世；拿破仑的坠落如同发给大自然的信号，后者开始愉快地重新换上绿装，并迸发

① 埃普索姆，英国的一个小镇。"埃普索姆计划"是 1944 年底英军与德军进行的卡昂战役的一部分，在一段长时间的拉锯战之后，英军通过实施"埃普索姆计划"，以大量坦克攻入德军阵营，最终取得了战役的胜利，但是战争双方都付出了惨重的代价。

② 滑铁卢，比利时的一个小镇。1815 年 6 月 18 日，拿破仑的军队在这里与以英国为首的联军激战，最后全军覆没，拿破仑被迫再度宣布退位并被流放。

③ 比杰松（Bjærnson，1832—1910），挪威诗人、剧作家及小说家，曾获 1903 年诺贝尔文学奖。

出最美妙的新芽；歌德就是他那个时代国家衰亡的见证人。但是，为了运用或是满足我们历史怀疑论的偏好，我们也不要忘记用两个方面都非常繁荣的时代来与以上这些例子进行对比，其中辉煌的路易十四时代就是最令人崇敬的典型。如此一来，只需略加思索，我们就会形成与沿袭已久并在教科书和人们的谈话中流传的观点截然不同的认识。

博须埃首先想到根据犹太教圣经的教义去评判普遍历史，或者是他个人天真地称之为普遍性的历史。他目睹了所有帝国的衰落，耶和华之手沉重地砸在这些帝国身上。颓废之意由此被解释为惩罚的概念。孟德斯鸠的哲学更为复杂，也可能更为幼稚：他在引用某位历史学家的观点时表现得极为反感，后者认为罗马在最灿烂的数个和平世纪——可能是人类文明史上唯一一段幸福时光——之初便开始了衰落的进程。一定要仔细斟酌这些词汇的含义，我们会发现这些词其实并不包含任何意义，一些令人怀念的作家们穷尽一生的时间也未曾体会个中深意。即使颓废的广义如此富有争议，至少可以说如此含糊，其实它与文学上狭义的颓废相比，依然是明晰、确定的。

从拉辛到维尼之间，法国没有出现任何一位伟大的诗人。这是事实。这样一段时期肯定是一段文学衰落的时期。然而我们既不能超出事实太远，也不能强加给它逻辑或者必要性方面的荒谬特征。18世纪的诗歌由于缺少诗人而处于沉睡期；但是这段衰败时期并不是先前的繁荣兴旺造成的后果。它是什么样就什么样，没有别的。如果我们给了它一个衰落的名头，那么就等于承认它作为一个神秘的组织体，一个生物，一个女人，诗，在近乎规律的时间区间内经历了出生、繁衍和死亡，如同遵循了人类的世代生息规律一般。这是个令人感觉舒适的概念，会是论述或是会议的主题，但我们必须排除掉只想深刻剖析一种思想的讨论。

18世纪诗歌的特点就是模仿精神，这个世纪也是对罗马人的模仿。它的模仿中充满了激情、感恩、讽刺以及愚蠢。它是有意识的模仿。它既是罗马式的又是中国式的。这样的例子有很多。模仿这个词有命令的意味。模仿式创作并不是一个诗人讲述生活给他的感受，而是要求他必须要阅读拉辛并且攀上高峰。多么奇怪的心理！一位哲学家破坏了政治上的尊重概念，又将其重新粉饰一番后再涂抹到文学中。也有一些批评的声音。歌德在创作《维特》期间，他们将吉尔伯特（Gilbert）和布瓦洛①相提并论，这是卑鄙的做法。需要给他们找个说辞吗？那只是白费力气罢了。如果想要解释法国为

---

① 布瓦洛（Nicolas Boileau Despreaux，1636—1711），法国诗人、文学批评家，著有《诗艺》，阐明了文学的古典主义原则，对当时法国和英国的文坛影响很大。

什么在这百年之中未曾诞生任何一位像德里尔①和舍尼埃②那样的诗人，必然又会牵扯到解释为什么会出现龙沙③、泰奥菲尔④或者拉辛这个问题。而我们对此一无所知，也无从得知。如果剥开它神秘的外衣，抛开它的必要性以及它所有的历史谱系，那么文学意义上的衰落便会缩减为一个纯粹负面的思想，一种单纯的缺失概念。这个想法如此天真，以至于我们都不太敢表达出来。但在某一个历史阶段，高级智慧缺失，而平庸之辈麇集的事实便显得极其敏感和活跃。鉴于平庸之辈即为模仿者，那么我们称之为衰落的时代其实就不是别的什么时代，而仅仅是模仿的时代罢了。我们的分析提炼到最后，结论就是：颓废即模仿。

---

① 我们要记得这一点：神父德里尔绝不像我们想象的那样是帝国的诗人。几乎所有他创作的诗歌和享受的荣耀均始于旧制度时期。——原书注

② 舍尼埃（André Chénier，1762—1794），法国诗人，主张"艺术只会写诗句，只有心才是诗人"，震动一代诗人，成为浪漫派的先驱，制造了19世纪的"舍尼埃神话"，代表作有《青年女囚》。

③ 龙沙（Pierre de Ronsard，1524—1585），法国第一个近代抒情诗人。1547年组织成立著名的七星诗社。1550年发表《颂歌集》(*Odes*)四卷，1574年写的组诗《致埃莱娜十四行诗》(*Sonnets pour Hélène*)被认为是他四部情诗中的最佳作品。

④ 泰奥菲尔·戈蒂耶（Théophile Gautier，1811—1873），法国唯美主义诗人、散文家和小说家，主张"为艺术而艺术"，代表作为《莫班小姐》《珐琅和雕玉》，其中《莫班小姐》的序言被认为是唯美主义宣言。他提出"文学可以无视社会道德"的主张，反对文学艺术反映社会问题，认为艺术的价值在于其完美的形式，艺术家的任务在于表现形式美。

II

　　然而，如果涉及的是马拉美和一个文学群体，颓废思想便会被与之相反的概念——革新之思——所同化。这样的判断无疑使活在当下的我们震惊不已，可能因为我们过去都曾被那些思想正统的批评家们质疑并且愚蠢地嘲笑过。而这些批评家不过是某些话语愚蠢和陈腐的代表，所有时代的智者都力图利用这些话语诅咒和碾死那些在老母亲嘲讽的目光注视下破壳而出的新生的小蛇。恶魔般的智慧在取笑驱魔咒语，大学甚至教会的圣水都从未能使这种智慧枯竭。从前，有一个人身负信仰之盾，奋起反对新生事物，反对异教邪说，他是耶稣；时至今日，说到规矩的捍卫者，挺身而出的却经常是个说教者。此处我们再度看到我们在伏尔泰和他之前的追随者身上发现的令人惊讶的悖论：一个在捍卫公正思想与政治自由时的勇士，在面对新事物和文学自由时却方寸大乱，向后退缩。在谈及托尔斯泰和易卜生时，他对他们的荣耀含沙射影："这些荣耀，尤其对于易卜生来讲，就是确定无疑的吗？《还魂者》的作者到底是个故弄玄虚之人还是个天才的问题时至今日依然悬而未决。"[1]这就是一位作

---

　　① 斯塔布费尔，《论文学名声》（*Des Réputations littéraires*），巴黎，1891。——原书注

家在面对尚未面世，面对尚未被人听到、看到的东西时的态度，而他在以上引言出处的那本书中却表现出了良好的独立判断能力。我想就不需要我再点明人们对这本书的"颓废者们"进行了全方位嘲笑这一事实了。在见识过这些之后，我们又怎么会对如此低级的思想所发出的愚蠢嘲笑表示惊讶呢？对人们，尤其是对那些过于有文化的人来说，一种表述人类永恒真相的新方式首先意味着一种丑闻。他们对此感到恐惧。为了找回安全感，于是他们断然求助于否定、侮辱或者嘲笑。这是人类作为动物在面对有形的危机时的自然反应。但是人们是怎样会沦落到把艺术上或是文学上真真切切的创新视作危险的地步呢？为什么这种类比尤其会成为我们这个时代所特有的弊病之一呢？或许这是最严重的一种弊病，因为它可能会限制运动、阻碍生命。

多年以来，德拉克罗瓦①、皮维·德·夏凡纳②，他们如此才华横溢，却一直被评审人嘲弄并拒之门外。在显然自相矛盾的借口下，隐藏着一个唯一的动机：创新性。如果在一部作品中，几乎找不到任何前人的手法，而且这部作品不能

---

① 德拉克罗瓦（Eugène Delacroix，1798—1863），法国画家，代表作有《自由引导人民》等。

② 皮维·德·夏凡纳（Puvis de Chavannes，1824—1898），法国壁画家，代表作有《文学、科学和艺术》《文艺女神在圣林中》《穷渔夫》等。

立刻与任何他们已知、已经理解的东西联系起来的话,那么那些艺术的卫道士们便感觉自己受到了威胁。他们会根据自己的脾性,分别对这种挑战做出不同的反应。他们在不同时期的表现形式也有不同:在 18 世纪,"不模仿"被认为是没有品味的错误。甚至在伏尔泰建起庙堂之时,这种错误依然被认为非常严重;然而对伏尔泰这位戏谑成性的大神来讲,即便庙堂也不过是个路边小祠堂罢了。数十年来,直到最近几周为止,那些努力摆脱前辈大师印记的反叛艺术家和作家们被污蔑为颓废主义者或者象征主义者。最后这种侮辱性的说法最终大行其道,它在言辞上更加隐晦,因而更加易于操控。另外,这种侮辱和第一种说法一样,都含有对"不模仿"的厌弃。

很久以前,早在塔尔德先生总结出他的社会哲学之前,人们就曾说过:"模仿支配着人类世界,如吸引力支配着物的世界。"尤其在艺术与文学领域,这条规则显得十分敏感。总体而言,文学史不过是一幅由一系列智力瘟疫所构成的图画。其中的某些疫病比较短暂,而风气就根据完全无法预测也很难确定的心血来潮随时变化或者继续坚挺。莎士比亚在他的时代并没有立刻产生任何影响。奥诺雷·于尔费①无

---

① 奥诺雷·于尔费(Honoré d'Urfé,1568—1625),法国小说家,代表作有田园小说《阿斯特拉》,对后世作家影响巨大。

论是在他身前或是身后,都是所有浪漫小说的大师和灵感源泉,时间长达半个世纪。如果那本《克莱芙王妃》一直没有被那位伟大的女士偷偷创作出来的话,他的统治时间或许会更久。虽然 17 世纪的部分文学仅仅是单纯的翻译和模仿,但是这个时代对适度和谨慎的创新并没有持反对态度。在那个时代,即便不模仿古人是件羞耻的事——令人称奇的是,唯有西班牙人(独一无二!)认为,而且只在他们的寓言和语句中(拉辛都因为自己曾写过《巴亚泽》①而忧心忡忡)——,懂得给借用的经典带来一股清爽新颖之风依然是一件值得尊敬的事。

然而这种文学本身也极迅速地成为了经典;第二种模仿的源泉出现了,由于它更易获得,于是很快成为后世不断汲取、祈求并大书特书的几乎唯一的源泉。布瓦洛在去世之前都可以自视为神了。伏尔泰从识字之后就开始阅读布瓦洛。模仿的准则从此一直牵制着法国文学。

如果我们忽略种种意外——无论它们有多么令人怀念——,随着文明的逐步发展,这一准则却始终保持着强有力且被大众接受的状态,以至于评论家只需要祭出这一准则,就能够让明明刚刚读过一部新作,并感觉精神为之一振的读者

---

① 《巴亚泽》(*Bajazet*),拉辛在 1672 年创作的五幕悲剧,取材于当时奥斯曼帝国的真实历史事件。

立刻羞愧地扔掉这部作品。那些连载小说家便是如此这般地成功地阻止了易卜生作品在法国的传播；而那些诗歌体的戏剧，那些出色的模仿作品，也正是如此这般地在街头剧院中大获成功。这些每每被广告夸大的戏剧作品由此揭示出一种理论。

于是模仿成为艺术或是文学本身。如果一本新出版的小说不是一部已有小说的呼应或是续写——对这部已有小说，人们也认为无韵不成诗，而且对每一个音节都毫不迟疑地逐个清点过——，人们就不会承认它是本新的小说。然而，当出现类似的革新时，文学景观中人们习以为常的那一面就会突然改变，专家们会躁动不安。为了掩饰他们的不安，他们开始放声大笑（第三种方式）；接着，他们大放厥词：因为这些东西、这些散文和这些诗歌并没有模仿新出版的或者教科书中大力吹嘘的文学作品，那么它们一定是来源于某些"不正常"的东西，因为我们对这个来源一点也不熟悉，但是它们究竟来源于什么呢？某些人尝试采用拉斐尔前派①式的方法进行解释，但是这些尝试作用不大，甚至有点荒唐，因为他们全方位的无

①　拉斐尔前派，维多利亚时期英国产生的一场艺术改革运动，是英国19世纪最重要艺术流派。它以反抗工业化、反抗学院精神为目的，主张以确实存在的概念来表达，专注于研究自然的状态，反对那些陈腐的态度。拉斐尔前派虽然存在时间短暂，却是英国史上的首个现代艺术运动，影响深远，对唯美主义的影响尤为直接。

知是那般的根深蒂固,坚不可摧。但近几年来,有一本书横空出世,突然点亮了他们的智慧。一条无情的平行线被强势地安插在新的诗人和被德塞森特①所吹捧的、代表着罗马式衰落的寂寂无名的蹩脚诗人之间。大家的那份冲劲是一致的,那些被我们贬低之人对这种贬低照单全收,并视其为自己与众不同的标志。一旦原则被接受了,那么对比就随之暴增。正是因为没有人,甚至或许连德塞森特可能都未曾读过那些被他们贬低的诗人的作品,那么那些专栏作家将他们根本不了解的圣希多尼乌斯·阿波黎纳里斯②和他们根本看不懂的斯特凡·马拉美硬凑到一起比较简直就是一出玩笑。无论是圣希多尼乌斯·阿波黎纳里斯还是马拉美都不是颓废派,因为他们两个在不同程度上都有各自的独创性;但也正是出于这一点,这个词才会被用在诗歌《牧神的午后》的作者身上,因为在那些滥用这个词的人心中,创新性就模糊地意味着某些不被了解的、疑难的、稀有的、珍贵的、意料之外的、崭新的事物。

相反,如果我们想要重新赋予文学的颓废思潮以真实且

① 德塞森特是法国作家于斯曼小说《逆流》中的主人公,是一个颓废厌世的贵族。他离群单居,沉浸在自己的精神世界里。

② 圣希多尼乌斯·阿波黎纳里斯(Sidoine Apollinaire,约430—486),高卢罗马时期法国政治家、作家、主教,代表作是《文字与诗歌》(*Lettres et Poèmes*)。

真正残酷的意义,那么我们怀疑应该提及的不再是马拉美,也不应该是拉弗格①,或者某位其创作生涯依然在继续的象征主义者。拉丁文学的颓废派人物既不是阿米安·马塞林②,也不是圣奥古斯丁③,他们都通过自己的方式打造了一门语言;既不是创造了圣歌的圣安布罗斯,也不是想出抒情式传记④这种文学体裁的普鲁登修斯⑤。对于第二阶段的拉丁文学,人们的态度开始变得宽容;或许是因为厌倦了嘲笑它却不阅读它,人们终于开始微微拉开它的大幕。有一个如此简单的概念不久之后将被大众接受:拉丁文本身并不存在好坏之分;语言是活的,它们的变化未必一定就是被篡改歪曲了;不论是 6 世纪还是 2 世纪,11 世纪还是 18 世纪,都可能产生天才;传统的偏见对于文学历史的发展及对语言本身的整体认

① 拉弗格(Jules Laforgue,1860—1887),法国象征主义诗人,抒情讽喻体诗歌的创始人,也是自由诗的创始人之一,对 20 世纪美国作家包括艾略特和后来的超现实主义作家影响深远。

② 阿米安·马塞林(Ammien Marcellin,约 330—约 395),罗马帝国重要的历史学家,代表作有《罗马史》。

③ 圣奥古斯丁(S. Augustin,354—430),摩尼教徒,同时也是基督教早期神学家以及新柏拉图主义哲学家,其思想影响了西方基督教教会和西方哲学的发展,代表作有《忏悔录》等。

④ 这种文学体裁最终退化为哀歌。但哀歌也有其光彩夺目的时期。法语中最古老的诗歌就是一首哀歌,准确地说,是被普鲁登修斯的一首诗所启发而成的一首哀歌。——原书注

⑤ 普鲁登修斯(Aurelius Prudentius Clemens,约 348—约 405),罗马帝国时期的诗人,曾学习修辞学,后转而创作基督教主题的诗歌。

知都是一种阻碍。丰特奈①图书馆的诗人们尽管更加著名，但是他们也只有在人们愿意对理想主义的革新者与基督教的革新者进行比较——这是一项艰巨又有些荒诞的任务——的时候才会有助于为一场文学运动进行洗礼。

III

在此，我只想尝试对一种思想进行历史性（或趣味性）的分析，同时试图通过一个略显宽泛的例子，指出一个词语究竟是如何只剩下人们出于利益想要塞给它的含义的。我认为没有什么必要来条分缕析地细数斯特凡·马拉美为何应当被仇恨和嘲笑。

在文学的情感等级中，仇恨就是王后。文学——可能还有宗教——是最能震撼人心的抽象的激情。当然，我们还未曾见识过像从前的宗教战争——我们改日再谈这个话题——一样的文学战争，那是因为文学还尚未突然降临到人民大众之中。它一旦落到这个地步，便失去了它爆炸性的力量：在我们还在推销维克多·雨果作品的插图版的今天，人民离《艾尔

---

① 丰特奈（Fontenay），位于法国卢瓦河畔的一个市镇。当地有著名的丰特奈修道院，1981 年被列入世界遗产名录。

那尼》的第一部分还远着呢。然而,人们却自以为德国感伤主义会动员起来,与英国式幽默和法国式讽刺针锋相对:因为他们根本不知道,人民之间其实很少相互仇恨。当人民被轮番的大炮轰炸之后,彼此之间会产生兄弟之情,并最终会结成联盟。

纠缠着马拉美的仇恨从来都不至于多么苦涩,因为人们只有在物质利益阻碍对理想的追求时——哪怕是在文学上——才会真正产生仇恨。然而他让人无从嫉妒,同时安之若素地忍受着天才必然会遭受的不公和侮辱。因此,人们能够嘲笑的,哪怕是以晦涩为借口,也仅仅是其思想独一无二的、赤裸裸的优越性本身。艺术家们即使被那些出于本能的阴谋分子贬低,也照样能接到订单,赚取钱财。诗人们能有机会在杂志和报纸上发表长文:一些像泰奥菲尔·戈蒂耶那样的诗人便得以借此谋生。波德莱尔在这方面是失败的,马拉美则失败得更彻底。因此讽刺就是指向被剥夺了所有社会装饰的诗人。

在卢浮宫一个荒谬的收藏系列品中,偶然出现了一件宝物,一件切利尼的安德洛美达①象牙雕像,雕刻的是一位惊惧不已的女人,她全身的肌肤都在诉说着被拘禁的恐惧给她造

---

① 安德洛美达,古希腊神话人物,埃塞俄比亚公主,被宙斯之子珀耳修斯从海怪刻托手中救出,并娶其为妻。仙女座的传说即由此而来。

成的慌乱：何处可逃？斯特凡·马拉美的诗歌就是如此。这是个至今仍然适用的象征物，因为诗人正如雕刻家一样，只会描绘杯子、花瓶、小盒子和小雕像。他并不伟岸，却臻于完美。他的诗并没有在惊讶不已的人群面前陈列一个范围宽广的人类宝库；也不会表达那些寻常而又强有力的见解，能够轻而易举地给那些被工作吞噬的大众强烈的刺激。它是个人化的，就像害怕太阳花朵那样把自己合拢起来，只有在夜晚才会散发芬芳。它只会向真挚可靠的亲密之人吐露心境。它的谨慎极易受惊，包裹上了层层的面纱，确实如此。但是在它一心只想逃离大众的手与眼的忧虑之中却饱含精巧之意。逃？何处可逃？马拉美逃进了隐晦之中，如同逃进一所隐修院；他在自己与他人的理解之前筑起一道囚室之墙。他只想和自己的傲气相依为命。然而当最近几年马拉美感到生气但并未觉得挫败时，他觉得自己对那些空洞的句子非常厌恶，而让·拉辛同样也曾感受过这种厌恶。当他为了自己使用创造出新的句法时，当他依据新的秘密关系来遣词造句时，斯特凡·马拉美就会写得相对多一些，同时他的绝大部分作品都没有沾染到任何的晦涩。但是紧随其后，从《为德塞森特所赋短章》(Prose pour des Esseintes)开始一直到最后，一旦有充满疑虑的语句或是惹人发怒的诗句出现在他的作品中，一个漫不经心且粗俗的人就会暗自揣测自己取得了令人垂涎的成果。几乎没有晦涩的法语作家;因此我们已经习惯于懒洋洋地只喜欢那些简单也就是甚至初级的作品。然而,很少有明晰得特别盲目的作品值得重读;而清晰是经典作品的声望所在,也正是明晰使得经典文学作品显得极为无趣。那些明晰的头脑通常是那些一次只能看到一件事的人。一旦头脑中充满感觉与思想,便会在脑中掀起巨浪,平静的水面在思绪喷涌之时就会乱成一团。我们和杜当①一样,更喜欢蕴含生命的沼泽,而不是一杯清澈的水。当然,人们有时会觉得口渴;那好,我们把沼泽的水过滤一下就好。能够取悦所有人的文学一定毫无价值可言;它一定要从高处落下,像瀑布一般喷涌流泻,流过一块又一块石头,最终才能够流淌在山谷之间,任由全部人类和牲畜随时饮用。

如果我们想要对斯特凡·马拉美进行一番具有决定意义的研究,就不可以仅仅从心理学这一个角度来看待他的隐晦风格的问题,因为在任何一部诚意之作中,从来都没有绝对的文学性的晦涩之说。但是对他的作品进行合乎情理的解读一直是有可能的。这种解读可能每个晚上都在变幻,就像在不同的云朵之下,草地也会有细小差异的变化。但无论是此处也好,还是任何地方也好,真(la vérité)只会是我们一时的心

---

① 杜当(Ximénès Doudan,1800—1872),法国文学评论家。

115

境之所欲。马拉美的作品是幻想的最佳借口,它依然还在为疲于沉重且无用的确认的人提供这些借口:一首充满了疑问、多变的细微差异以及暧昧不明的香气的诗,可能是今后唯一能够让我们感到愉悦的事物了。如果"颓废"一词真的能够囊括所有秋天和黄昏的魅力,人们就可以欣然纳之,并将其化成古提琴乐曲的一个谱号。然而它已经逝去,大师已经逝去,乐曲中的倒数第二个音节也已经逝去。

1898

5

永恒的异教

宗教艺术

I

在一个几乎所有的感性、信念、爱情都躲避到艺术中的时代，另外，在这个时代中，这个往昔既神秘又纯粹的词汇在不止一场的冒险中不断妥协，我们已经有了属于艺术的宗教（la religion de l'art），但是显而易见，我们缺少的是艺术化的宗教（la religion d'art）。这是于斯曼先生①最近创造的说法，它令

① 于斯曼（Charles-Marie-Georges Huysmans，1843—1907），19 世纪法国小说家，象征主义的先行者，西方现代主义文学转型时期的重要作家。创作生涯前期是自然主义的拥护者，后期是现代派先锋。被称为自（转下页注）

人好奇，我们可以借机展开某些思考。

首先，鉴于今日并不存在宗教化的艺术，那么联结宗教与艺术的尝试便只能借助考古的方式来实现。于是《大教堂》(*La Cathédrale*)便和作者自《逆流》(*À Rebours*)之后所有最新出版的那些作品一样，成为一本教学类的小说。小说的体裁并不新颖，在任何时代，小说都是由一群作家培育而成，这些作家们的心中对知识的偏好从来没有将想象力完全抹杀；换句话说，这些作家没有能够交替运用他们的阅读和创作，只能任由自己将虚构与资料混为一谈；又或者说在这些作家身上，劝人皈依的欲望促使他们选择传播教诲、道化、并不十分美好的现实、阿尔戈英雄①们乘坐的船或者埃蒙四子②的马。于斯曼先生作品中根深蒂固的说教性，或许有一些正是出于以上三个原因。但如果他在写作时不把他的阅读融入作品之中，那么他就没有别的东西可融入的了。在他身上，资料实际

(接上页注)然主义宣言的《梅塘之夜》(1880)六人集收录了他的中篇小说《背上背包》，描写他在普法战争中短期的行伍生活。其作品语言灵活多变，内涵丰富，擅长细节描写，并带有反讽色彩。于斯曼擅长对颓废主义和悲观主义进行深度剖析，因此有文学界的叔本华之称，代表作有《逆流》《在路上》《大教堂》等。

 ① 阿尔戈英雄，希腊神话中同伊阿宋一道乘快船"阿尔戈号"去取金羊毛的 50 位英雄。

 ② 埃蒙四子(les Quatre fils Aymon)，分别是雷诺(Renauld)、阿拉尔(Allard)、盖查德(Guichard)和理查德(Richard)，都是中世纪传说中的人物。

上是滋补而不是阻碍了他的想象力。如果没有这种补品，他的想象力便会很快落入对《顺流》(À vau-l'eau)的指责当中，在这部小说中，关于厨房的某段陈旧论述的精髓或许已经足够将一个特点刻画得极具代表性。在两顿含糊的就餐中间，弗朗丁先生面对《皇家厨师》或者《糕点师弗朗索瓦》中的一页展开了遐想，于是我们便有了一本和《大教堂》同样类型的书。在最后这本书的 16 章中，其中有两章和三章分别是以对家务或是厨房的思考而开始或结束。他那些博学的尝试只能对于斯曼先生产生影响——幸好幸好——，在书中，他向于斯曼先生展示了他在生活中总是无法找到的东西：那就是忘记，哪怕是偶然忘记生命中那些庸俗的烦恼也好。

大多数说教性小说的缺点在于不足和不准确。对于不足，则应当放任自流，毕竟小说并不是论文。在《逆流》中，小说家并没有仅仅将伊伯特的前两部作品中主动且明智的评价概括为一句诗情画意且正确的话，而是亲自用两年的时间来阅读他大力吹捧的诗人的作品，他的资料极为丰富，或许因此导致他把这本书的这个部分的篇幅拉得过于冗长。如果说为了写出吉尔·德·莱斯①的故事，他还需要亲自查阅文献，翻看诉讼文件的原本，那么《在那儿》(Là-Bas)一书可能还处于

① 吉尔·德·莱斯(Gilles de Rais)，于斯曼小说《在那儿》中的人物，原型来自英法百年战争时期的元帅、连环杀童案凶手。

创作草案阶段。说教性小说或是历史小说的文献的不足甚至是促成小说成型的条件之一；另一方面，人们在此过程中丢掉的科学或是历史的部分，艺术完全能够将其好好补上，让哪怕是最苛刻的读者都能感到满意。《在那儿》一书就是如此，书中某些章节令人称赞，其话语具有咒语般的力量，远胜《女巫》中过于夸张的章节。不准确则是一个更为严重的缺点，于斯曼先生依靠着一些认真的博学之人，几乎总是止步于这一点；但是由此产生了将科学与想象混为一谈的危险，人们无法一直清晰地把握准确到哪里为止，而幻想又从哪里开始。歇斯底里的教士和神经错乱的修女被带进那幅著名画作《黑色弥撒》①的现实主义，而这幅画本身却完全来自魔鬼般的想象。几乎无需确认就可以明白的是，在任何时间、任何国家，从没有如此怪诞、如此恶劣的仪式会令人跳起他们那种下流、渎圣的法兰多拉舞②。

　　巫魔夜会③从来只存在于可怜的女巫们谵妄的大脑中，

---

　　①　《黑色弥撒》，黑色弥撒是一种皈依魔鬼撒旦的宗教仪式，一切都与基督教的仪式背道而驰，参与者发誓将灵魂献与撒旦。法国画家马丁·凡·梅尔（Martin Van Maele，又称 A. Van Troizem，1863—1926）曾创作过一幅同名画作。

　　②　法兰多拉舞，一种节奏随意、热烈的舞蹈，舞蹈动作基本是即兴动作，但也穿插一些花样，花样动作均由领舞者决定。据说来自法国下普罗旺斯省，也有人认为来自希腊。

　　③　巫魔夜会，中世纪传说中巫师、巫婆在魔鬼主持下的仪式性集会。

它会按照与基督教迥异甚至肮脏的礼拜仪式来进行。它只是稀里糊涂地被冠以"黑色弥撒"之名，因为真正的"黑色弥撒"，正如人们口中关于蒙特斯潘夫人①的裸体的那种仪式一般，是一种驱魔仪式，极其秘密，而且正是这种秘密性保证了仪式的效率。如果于斯曼先生的幻想带来了一些令人痛苦的后果——因为大众的盲从是无止境的——，那么它的合理性并未因此减少。在一部小说中，小说性有它应有的位置：为了讲述一个名叫道克尔的议事司铎的故事，需要在路上等待遇到他恶魔般的亲哥哥，这一点人们的确不应该强求，哪怕对一个说教式小说家也不应该如此要求。

《大教堂》这本书就没有任何此类的担忧。在这部小说中，幻想根本无迹可寻，数量太少了。至于不准确之处，人们能够从中找出很多很多，它们几乎全部都属于一种特别的类型，即教会型。作者真没有必要向我们说明他为了写这本书曾经向僧侣、教士取材，以及查阅虔信类的书籍。这一点显而易见。

II

能写出《在路上》（*En Route*）和《大教堂》这样的书，作者

---

① 蒙特斯潘夫人（Madame de Montespan，1641—1707），法国国王路易十四的情妇。

一定是个天主教徒,而且不仅是生而信教或是后天受洗,他还必须出于真正的信仰,坚持笃行。于是,如今便有了天主教文学,一种没有天主教作家便不存在的文学类型。这究竟是一种不正常之事,还是说我们见证的是与刚刚结束的过去联系在一起的完全符合逻辑、合情合理的事实呢?在一个世纪的时间里,几乎所有优秀的诗人和某些出色的作家,从夏多布里昂到维里耶·德·利尔-亚当都是天主教徒,因此我并不认为在当时成为一个天主教徒没有任何的独特之处。我也并不认为这种信仰与当今思想的走向不相符,这一点很清楚。但是一种态度难道只有符合普遍的态度才能够被接受吗?另外,如果我们能将一种信仰或信念进行剖析,那么想要在这一点上走得更远,就不太可能也不够合法。开除教籍并不是一种哲学行为。

我认为,法国的天主教构成了其文学传统的一部分。

天主教是异教化的基督教。作为一种既神秘又肉欲化的宗教,长时间以来,它能够满足,也确实满足了人类最重要而且相互矛盾的两种倾向,即同时生活在有限和无限之中。用人们更易于接受的话来说,是同时生活在感觉与智慧之中。

从君士坦丁堡时期到文艺复兴,天主教在通常意义上发展了构成它的两个主要原则。如果没有路德的干预,那么非基督教的艺术与美感原则很可能与主张出世和苦修的福音原则获得同样多的势力。利奥十世①和儒略二世②可能会因"最高祭司"的称号而感到自豪。他们确实既是圣彼得③又是朱庇特·卡比托利欧神庙大祭司④的继任者。然而路德和加尔文——福音书最虔诚的拥护者，圣保罗⑤最坚定的信徒，罗马和罗马荣耀的敌人——却将基督性带进可悲的错误中。天主教在自我否定中舍弃了它天然的要素之一，亲手毁掉了自己赖以生存的原则之一，一败涂地，而教会一点点变成了它今天的样子，从基督教变成了新教，内部等级森严、冷漠、憎恨所有艺术和敏锐之美，思想却变得不那么自由，甚至可能更加蜷

---

① 利奥十世（Léon X，1475—1523），来自佛罗伦萨美第奇家族的教皇，行事奢靡，但也增加了梵蒂冈藏书，使罗马再度成为西方文化中心。1520年，他指责宗教改革家路德为异端，并于1521年宣布惩罚路德，从而使统一的西方教会解体。

② 儒略二世（Jules II，1443—1513），即战神教皇尤里乌斯二世，1503—1513年任教皇，被教廷认为是历史上最有作为的25位教皇之一。

③ 圣彼得（Saint Pierre），耶稣基督的十二门徒之首，基督教圣徒之一，在耶稣死后负责建立和领导基督教会。约公元67年左右被罗马皇帝尼禄下令杀害。

④ 朱庇特·卡比托利欧神庙（Jupiter Capitoline），古罗马在七座山丘上建立神庙，其中一座山叫卡比托利欧，而朱庇特则是卡比托利欧三位主神之一，另外两位是朱诺和密涅瓦。

⑤ 圣保罗，基督教中仅次于耶稣的灵魂人物。原名扫罗，大约公元6年出生于现在土耳其境内，曾经是虔诚的犹太教徒，并积极参与迫害耶稣及其信徒的活动。约公元32年，他的眼睛突然失明，后被耶稣医治并痊愈，从此皈依耶稣，受洗后改名为保罗，致力于传播基督教，为基督教的发展做出了卓越的贡献。大约公元64年，保罗在罗马被斩首。

125

缩,而且既屈服于它虽然尊重却并不喜爱的过去,也屈服于衰落得令人生畏的现在。

在 17 世纪的法国,对新教的抵触体现在一种中庸、高雅且肤浅的异教范围中。冉森教派的危机过后,出现了一种对自由的新反应,但表现为放浪形骸和描写风流行径的文学。哲学时刻非常短暂,并没有留下什么普遍的影响。在由几个让-雅克①的荒谬信徒所引发的情感愚钝的时代过后,夏多布里昂一下子重新找到了天主教、中世纪和整个传统。整个世纪由此便被这一重大的文学事件所左右。

之所以说这是文学事件,是因为它与获得宗教所宣称的绝对真相的唯一权利并无关系。它与真相无关。在希腊,真正的宗教在古代就是神庙的宗教。在法国,真正的宗教就是钟楼的宗教。人们在钟楼脚下祈祷,牧神节的舞蹈表明众神仅仅将他们帝国的一半让渡给了耶稣。一位年轻的天主教诗人曾经将圣母称作"这位美丽的女人",这就是大众所信奉的天主教的真正传统。没有任何宗教真的死去,也不会有哪一个宗教将会死去。一个宗教的名字或许烟消云散,但是它却在另一种在朗朗乾坤之中大放异彩的宗教中重获新生。5 世

---

① 让-雅克,指让-雅克·卢梭(Jean-Jacques Rousseau,1712—1778),法国著名的启蒙思想家。

纪时,在意大利的许多神庙中,人们甚至都懒得换掉供奉的神像,得墨忒耳①奶妈自然而然地变成了抱孩子的圣母②。在其他国家,甚至在高卢的神庙中,人们仍然保留了上帝的名字和从前的神像,对神的崇拜尽管变成了神甫宣扬的信仰,它在人民的信仰中却一直没有改变。人们喜爱的维纳斯(Vénus)一直是圣女威尼斯(sainte Venise)的名字,其形象还是那个全裸的形象,只有胸部遮着一条丝带③。这是人民坚韧不拔的令人钦佩的例子啊!奥扎纳姆(Ozanam)完美地证明,在国家发生政变之时,即便基督教已经成为帝国的国教,异教依然充满生机与活力。由此可见它对新宗教的影响,新宗教完全无法摧毁它,只能将它囫囵吞下,甚至都没办法改造它。然而,从最初的几个世纪起,教会中就一直存在着一个派别,这个派别

———————————

① 得墨忒耳,古希腊神话中克洛诺斯和瑞亚的女儿,赫拉的妹妹,宙斯的七个妻子之一。得墨忒耳是大地丰收女神,也称农业女神,她高兴时会带给人类丰收,而她不高兴时将带来灾害、干旱和饥荒。西西里人特别尊崇她。其形象通常是一个高贵的女性,高挑、庄重、威严,一头漂亮的金发,像波浪一样落在肩膀上,手中拿一束麦穗或罂粟,另一只手持一把点燃的火炬。她的女儿珀尔塞福涅被冥界的统治者哈迪斯掳走,为寻找女儿,她来到人间,化身厄琉西斯国王刻勒俄斯儿子的奶妈,她白天让小王子吃神馔,晚上把他放在火上,以让他不朽,但后来被好奇的王后窥见后计划破灭,得墨忒耳因而现出真身而去。

② 见萨利奥(Saglio)词典插图1295。——原书注

③ 杜劳·德拉马勒(Dureau de la Malle),《忆圣女威尼斯》(*Mémoire sur sainte Venise*),作者读于法兰西文学院。——原书注

完全不理解其重要性，却坚决反对人们一般称为民众的迷信的东西。这个派别就是新教派，它在宗教改革①的帮助下才最终得以在北欧完全获胜。

对神化了的圣徒和神灵的崇拜促成了教堂的建成。天主教教堂和古埃及的神庙一样，不过是些坟墓。它们不单单是为了向神表示敬意才建的。他们的说辞几乎都是要安放一个真福者或是身怀魔法的人的遗体，一个人们历来尊崇的神的塑像，而这个神几乎还尚未来得及得到一种纯朴信仰的重新命名。教堂是基督教艺术的必需品，因此教徒的空白便应该由代表偶像的金色和代表帝王的红色重新填满。在 12 世纪，异教达到了全盛时期。所有崇敬之心足够充足的教堂，都变成了大教堂。于是大教堂遍布欧洲各地；清晨的牧场花朵遍地，还有众多的人，他们从各自的蜂箱蜂拥而出，穿梭在花朵与花朵之间，祭台与祭台之间，采摘着宽容、安慰、恩惠、痊愈，以及在这艰难的世纪快乐过活的力量。来自以弗所神庙的立柱汇聚在沙特尔大教堂的穹顶之下，一个最近从东方带来的漂亮偶像在此祝福着狂热的信徒，并以黑圣母之名受到大家的尊敬。天主教艺术正如同宗教本身，是异教艺术自然而且

---

① 异教，尤其是在当时巴黎的一些家庭当中仍作为传统保留下来。人们仍然在祭酒和用牲畜祭祀，但这项传统或许只能追溯到 18 世纪。——原书注

必然的延续。

关于这一点，我们无法细究，也无法将证据一一列出，这种方式看起来会唐突地质疑那些只了解历史皮毛的人。我们也不能对任何已知的观点展开更多的讨论。但是我们坚信异教构成了天主教的部分本源，这一点极有可能并不会使我们对福音书、对教会的神父们、对圣本笃①及其僧侣们为基督教的宗教精神带来了新意和纯粹的精神财富产生任何误解。然而，同样是在这一点上，我们应该研究亚历山大体诗歌，然后才会明白，在天主教中完全以天主教形式存在的神秘主义其实不是别的，正是普罗克洛斯学说②中以神话形式存在的东西。基督教的象征主义本身不过是新柏拉图派象征主义改头换面之后的样子；真知者究竟是基督徒还是哲学家，我们无从知晓；同时，想要在这场名不副实的评审会中分清哪些部分是东方的幻想，哪些部分又来自基督教圣书的教诲是很困难的。之后，两者的融合更加隐秘，以至于思辨的天主教尽管并没有主动追求这一点，也并不情愿如此，但它依然被同化，并为我们保留了无数与福音书精神和圣保罗的宗教完全矛盾的概

---

① 圣本笃（Saint Benoît，480—547），基督教修道院制度的创始人，制定了圣本笃准则，主张僧侣也应该勤奋工作。

② 普罗克洛斯（Proclus，410—485），希腊数学家，新柏拉图主义者。新柏拉图主义起源于罗马哲学家普罗提诺，将神秘主义加入原先的柏拉图体系，以便能够对抗那时正开始在罗马帝国占优势的东方宗教。

念。纯粹的基督教应该早已将毕达哥拉斯学派传统全部摒弃;而天主教——教如其名——却在属于基督的宗教中向我们传承了几乎所有的迷信和几乎所有谱系的东方神灵。

同时,它还为我们保留并直接传递了希腊-罗马式的文学传统。这一点更加为人所知而且争议更少。现在我们已经知道,其实 15 世纪根本没有什么"文艺复兴"。我们知道,在前几个世纪的无论哪一刻,拉丁文学都没有停止被培育的过程;在整个中世纪期间,无论是在意大利、法国还是在德国,维吉尔不但被人们阅读,也被人们所崇敬,不但被评论,也被模仿。因此人文主义者的角色还是十分重要的。新教徒想除去基督教本身的异教元素,以便达到净化基督教的目的,无独有偶,人文主义者则试图扫除文学中所有的基督教元素。两者都成功了。然而尽管文学传统借助浪漫主义重新实现了传承,但是宗教传统却依然保持着四分五裂的状态。文学仅仅在三个世纪的时间内呈现为与人类的灵魂相异的状态,在那个时期,英雄主义和平庸的灵魂取代了人类的灵魂。然而宗教在去掉了实为其大众力量所在的异教艺术之后,就变成了一种关于祈祷室的哲学和告解座的道义,并一直保留至今。不同种族的隐秘精神都渴求身体之美和宏伟壮观,而宗教对这些精神不再有任何影响力。它再也不会出类拔萃,只是横亘在众人之间的分界,成为普天之下的平庸性最为平庸的中心。

III

　　然而,教会有其资料,也有其历史,记载着它明日黄花的历史。时至今日,某些有识之士和某些天赋异禀的人物依然会逃避到这团闪耀的尘埃之中。夏多布里昂在追忆天主教时,只需将自己的才华用于描绘自己沉醉于节日和传说的童年即可。他所写的关于历史和赞美宗教的作品对法国浪漫主义精神的发展产生了重大的影响。正因为有了他的作品,雨果宏大的考古之作以及拉马丁的宗教感伤主义才可能出现。即使我们忽略掉所有的中间阶段,我们依然能看到,在世纪末,他的作品经由各自的渠道,分别变成了《智慧》,变成了于斯曼先生的护教三部曲:《大教堂》尝试运用新的、更加有限但也更加坚持不懈的方式,借助才华稍显黯淡但也更加尖锐的工具,重新写作一本《基督教真谛》。今天的这位作家①也读过《巴黎圣母院》以及其他的作品。但他的护教精神应当归功于夏多布里昂;而他对石像雕塑的热爱则应归功于维克多·雨果,剩下的全部都归功于其他人。

————————————

　　①　此处指于斯曼。

于斯曼先生的护教意愿尽管十分谨慎，但还是很明确的。他想要证明存在或者说曾经存在过一种象征性的、神秘的天主教艺术，它要比古往今来所有的世俗艺术都要高级得多，尤其在表达方面。他以沙特尔①大教堂为样本研究建筑；以原始绘画，尤其是弗拉·安吉利科的绘画为标准来研究绘画；以格列高利人的素歌②、神秘主义及象征主义为素材来研究音乐；依照圣人的样本来研究中世纪的神学家和编纂者。而小说的核心就是一位改宗的作家翻开了其个人历史的崭新一页，开始尝试遁世，并将自己所有的才华都献给了为宗教艺术而辩护。情感通过在圣母院脚下倾诉的无限敬意表现出来。书中的人物，除了虔诚、神秘而又行事隐晦诡秘的女仆形象之外，全都表现为最基本的心理状态。作为良知引导者的热夫雷桑神甫表现出一种无与伦比的无能感，简直达到了惊人的程度。普隆（Plomb）神甫是一位并没有什么个性的乡下考古学家，突出的只有他巴洛克式的回忆，其中没有任何明晰的概念，只是牢牢地固守着沙特尔大教堂的象征性所具有的特点和这座教

---

① 沙特尔大教堂（la Cathédrale de Chartres），位于法国厄尔-卢瓦尔省省会沙特尔市。沙特尔大教堂是法国著名的天主教堂，教堂的大门、雕像、玻璃彩绘等都是 12 世纪法国建筑史上的经典杰作。沙特尔大教堂部分始建于公元 1145 年，原本属于罗马式建筑，1194 年毁于火灾，重建后教堂整体风格转向哥特式，同时保留了旧有的罗马式钟楼。

② 素歌，一种不分小节的无伴奏宗教歌曲。

堂真正的历史。书中的主角迪尔塔勒也没少投入到这些同类的知识当中,此外他还表现出了一个年轻领圣体者的灵魂,以及一位艺术评论家的讽刺精神——虽虔诚却尖刻,虽博学却偏颇。汇集了这些因素之后,这部小说原本令人毫无兴趣。它的文学价值都是书中出色的描写性章节所赋予的,但在这些部分,他的描写有时还会上升到赋予事物存在理由的高度,至少是象征性的理由,神学意义上的理由。如果是一位教父来阅读这本书,他可能会惊讶地发现自己一开始居然会看不懂,因为他所有的老师们都会处心积虑地向他隐藏所有关于敏感的美的知识,如果想要(稍微)理解一点象征主义,就必须具备有关艺术和自然的基础性的科学知识。在某些动作、某些眼神、某些布幔中,隐藏着一些如此这般关于美和祈祷的秘密初衷,这种初衷已经超越了一个受利古里式①神学教育填鸭出来的修道士的一般智力水平。于斯曼先生书中的这一部分正如教堂的中殿,在它周围一一排列着许多小教堂和尊贵的祭坛,这个如雕刻版神学的部分的确极为优秀。另外,作者内敛的才华值得单独赞扬,还应该欣赏的是他的耐心,在长时间复杂、缓慢而且混乱的研究过程中,唯一支撑他的东西只有信

---

① 利古里(Alphonse de Liguori, 1696—1787),意大利天主教徒,多才多艺,是作家、作曲家、艺术家、诗人、律师等。他创立了一个宗教修会,主张传播天主教,改善基础教育,其思想被称为利古里主义(Liguorisme)。

念,而且他最终超越了他所有的老师。在以上所有东西之上,他还有一种对纯粹美感的爱好,一种神秘的感性主义,它们曾是天主教式的,但现在已经不再是了。他的革新,或者说是新生就在于此:他很高兴成为一个好的基督徒,但是他很可能正在变成一个不止于基督徒的人,而且更加罕见的人。如果说于斯曼先生做好了遁世的准备,但他似乎并没有准备好放弃艺术这个天主教中异端的部分。在这一点上,他的天主教差不多是完整的,但是在其转变的过程中,为了完全适应罗马的古老传统,他仍然没有做到不轻视那种属于人类天赋的自然产物的艺术,也就是属于上天的、超自然领域的创造,它们与礼拜式灵感的艺术完全师出同名。因为弗拉·安吉利科的《圣母加冕图》"依然胜过所有激情意在表达之事",就可以因此认为之后的安格尔①就没有任何才华吗? 然而这便是护教者坚持的立场,为了夸奖上帝,他就贬低自然;为了讨好道友,吸引不信教者,如果那些最伟大的创新者们前额没有打上象征主义灰烬的印记,他就会将他们从普世性的交流中驱逐出

---

① 安格尔(Jean Auguste Dominique Ingres,1780—1867),法国新古典主义画家、美学理论家和教育家。代表作有《泉》《大宫女》《土耳其浴室》等。他的绘画吸收了 15 世纪意大利绘画、古希腊陶器装饰绘画等遗风,画法工致,重视线条造型,尤其擅长肖像画。作为 19 世纪新古典主义的代表,安格尔代表保守的学院派,与当时新兴的浪漫主义画派形成尖锐的学派对立。

去。这种方法绝不新鲜，它就是暴躁又绝妙的德尔图良①的方法，也是既专断又严厉的圣贝尔纳②的方法，但绝不是那些让罗马变成基督教和异教的双重都城的罗马教皇们的方法，他们可能从远古时代开始就已经在自己身边安排了他们双重主权的见证人，新晋圣人的遗骸，以及古老神灵的肖像。

世上有天主教艺术，但却并不存在基督教艺术。福音派的基督教义在本质上与所有敏感的美的表现形式背道而驰，无论是关于人体还是关于大自然的其他内容都是如此。圣保罗根本不知道基督教神庙为何物，他对基督教神像的认识更少。他对美丽之物能够成为烘托纯净心灵之美的装饰一事没有任何概念。如果这样一个基督教继续发展下去，那么我们很可能就无法认识古代文明了。圣保罗主持下的宗教只是蛮横地要求摧毁所有的庙宇，然而正是这些庙宇后来变成了意大利的大教堂；打碎偶像，然而正是这些雕像在世上保留着一种无私又充满人性的艺术之思。世俗文学和别的东西一样都像边角料一般被弃之不顾。福音书的扩散就是野蛮的扩散，

---

① 德尔图良（Tertullien，150—230），基督教著名的神学家和哲学家，是第一位提出本质（substance）与位格（person）的神学家。他对三位一体与基督的神人二性这两个教义的阐发为后来东方和西方两个教会的正统教义奠定了基础。

② 圣贝尔纳（Bernard de Clairvaux，1090—1153），法国教士、罗马教皇顾问，天主教宗教生活的改革者，西多会的重要推动者。

总而言之,十字架将会像新月标志一样成为一场既可怕又具有毁灭性的灾难。这两位圣经之女极有可能让全世界变得处处都是废墟、牛羊牲畜群以及骆驼皮制成的帐篷。搭帐篷本来就是圣保罗的手艺,而此时手艺比任何时候都能够更好地象征人的性格。那些想要带领自己的宗教回归最初的纯粹状态的基督徒们首先要做的事情就是进行一场最可怕的圣像破坏运动。在苏黎世,茨温利①命人打碎彩绘玻璃,破坏圣像,焚烧彩色手绘祈祷书。当喀斯达特走进维滕贝格②的诸圣堂③时,喊出了申命记中的一句诗:"你不可制造任何的雕像!"紧紧追随着这位痛苦的狂热之徒的普通百姓们对这个摧毁的信号立刻心领神会。

我依然记得,自己在亲眼目睹荷兰的加尔文派教徒如何对待他们的大教堂时无法不带任何情绪。所有曾经走进鹿特丹的圣劳伦斯大教堂④的人都知道,一旦当基督教声称要回

---

① 茨温利(Huldrych Zwingli,1484—1531),瑞士宗教改革家,格拉鲁斯教堂神父。

② 维滕贝格(Wittenberg),德国东部城市,16世纪为宗教改革运动中心之一。

③ 诸圣堂,德国维滕贝格的一座路德宗教堂。它被称为"维滕贝格最著名的建筑"。1517年10月31日,马丁·路德在此教堂门前张贴《九十五条论纲》,由此开始了宗教改革。

④ 圣劳伦斯大教堂,鹿特丹第一座全石制教堂,圣劳伦斯是鹿特丹的守护人,所以叫圣劳伦斯大教堂。

归单纯的福音时，它便会在平庸而非苦修中变得洋洋自得。野蛮人声称要将沙特尔大教堂改造成的不过是一个有彩绘玻璃和阶梯座位的会议室罢了。基督教在建筑方面的理想和民主的理想如出一辙：他们就是一群学究，这些灵感之中没有任何一个能够造出一个在美感上与谷仓旗鼓相当的建筑——在13世纪，利塞维格（Lisseweghe）的西多会的修士们将他们的收获存放在谷仓里①。另外很常见的是，与谷仓的情况正好相反，西多会的修道院反而几乎都处于一种令人遗憾不已的裸露状态。圣贝尔纳在改革后来成为拉特拉佩修道院（Abbaye Notre-Dame de la Trappe）的西多会的过程中，没有任何想大兴土木的想法。在这一点上，他对纯粹的福音精神忠贞不渝，排斥奢靡，轻视艺术，就和后来的阿西西的圣方济各②一样。基督教每次想要强迫自己——或者通过僧侣或是通过革命者——与护教的教育取得更多的一致时，它就必须丢弃所有与异教、与美相关的部分，以及由此抛弃罗马宗教中有关肉欲的部分。不存在基督教艺术，这两个词就是相互矛盾的，以

---

① 这处极美的建筑作品在瑞尔森斯（Reusens）的作品《基督教考古元素》（Eléments d'Archéologie chrétienne）一书中得到了呈现，鲁汶，1886年，第496页。作者在书中的观点很有道理："我们看到，13世纪的建筑师们全部都为建筑赋予了一种不朽维度，哪怕这些建筑的用途仅仅是次要的。"——原书注

② 阿西西的圣方济各（San Francesco di Assisi，1182—1226），天主教方济各会的创始人。

至于哪怕在一本几乎完全都在讲述祈祷的书中，一旦人们谈到绘画，就一定会注意到，哪怕那种"语调的象征性"都不能阻碍安吉利科首先是一位画家，一个热爱色彩和形状的人，一个看到美眼睛就会充满喜悦的人。

IV

天主教艺术，中世纪艺术，是否正如于斯曼先生所认为的那样，或者说正如他自以为发现的那样，已经被规则，或者更确切地说被象征主义的用法无孔不入地控制了？这一点似乎难以令人接受。如果说弗拉·安吉利科在他的《加冕图》中之所以没有使用棕色，是因为这种由黑色和红色以及让圣火显得黯然失色的烟灰色融合而成的颜色是邪恶的；画中没有紫色、灰色或是橙色，是因为紫色代表葬礼，灰色代表温和，而橙色代表谎言，对此人们很难表示赞同。画家在用色上的克制或许能找到不那么语出惊人的解释。布尔日有五个教堂中厅，而安特卫普有七个，难道真的是在向基督五伤和圣灵的七个馈赠致敬吗？在教堂最普遍的配置中，通常有三个中厅和三个大门组成的，这里确实是在暗示三位一体，尽管没有任何证据能够证实，但这一说法的不可信程度更低。

然而人们会给屋顶、板岩以及瓦片的象征意义增添更多的细节。人们断言说，圣维克托的休格①认为，大教堂的石头汇集起来的整体意味着世俗之人与神职人员的混杂，听到这样的话我们只会想笑，而不是去刺破它（comproindre）。此外，我们会因为人们居然会在几近荒谬的引经据典时提及中世纪神秘主义者中最早、最伟大的名字而气愤不已②。在教堂的所有象征意义当中，于斯曼先生仅仅快速地隐约提及长方形廊柱大会堂式基督教堂，之后便一闪而过。而哥特式大教堂在罗马艺术的影响之下，一定脱胎自这种长方形廊柱式基督教堂，至少是脱胎自叙利亚的长方形教堂，在高卢地区，这些教堂的建筑方案以前就闻名遐迩，而且被广泛模仿。如果说大教堂是长方形廊柱教堂的进一步发展，是象征无法与之匹配的宏伟建筑，那么象征意义便是在小教堂出现之后产生的。象征可以对小教堂的来源给出一种有时显得猎奇但从来无法确定的解释。我们称之为宗教器物的东西自然也是一样的情况，它们的起源都要早于基督教的出现。当年的殉教者曾经拒绝焚香供奉偶像，如果我们告诉他们香炉日后会变成人们表达虔诚的工具，他们肯定会大吃一惊。这些依附在

①　圣维克托的休格（Hugues de Saint-Victor，1096—1141），中世纪哲学家、神学家、宗教作家。
②　人们认为休格所编纂的有关象征主义汇编似乎并非他本人的作品。——原书注

信仰器物上的象征意义很可能是一种施加在这些实物之上的洗礼,这些实物在古老宗教的礼拜仪式中已经使用了很久。人们知道,在某些神庙,比如在供奉密涅瓦①、阿波罗和朱庇特·阿蒙的神庙之中,有一盏灯要一直不灭,而且灯油必须纯净,必须只能从橄榄中榨取。长明灯在当时是火或太阳的象征。但是今天长明灯的意味变得不再清晰。伊西斯的神父和古老的僧侣一样,头上都是一圈剃光的圆顶;人们以密涅瓦之名分发被赐福的面包,而她和狄安娜②一样守护着年轻女子、皈依圣母的孩子们组成的宗教团体。对这些现象的发展变化进行研究并非毫无用处,比起不加解释地直接接受梅里东(Méliton)和杜朗·德·芒德(Durand de Mende)③的观点,这样做很可能更好一些。

关于地下墓穴的象征内涵源自异教,这一点是肯定的。神话为第一批殉道者的墓穴提供了装饰元素。基督徒们远远

---

① 密涅瓦,罗马神话中的智慧、战争、月亮和记忆女神,罗马十二主神之一,也是手工业者、学生、艺术家的保护神。相当于希腊神话中的雅典娜。

② 狄安娜,罗马神话中的月亮女神。

③ 考桑(Caussin)所著的《象征性的博学多闻者》(*Polyhistor Symbolicus*)(科隆,1631年)是一部讲述希腊罗马神话的象征性的作品,观点较为随意,不如安托瓦·莫尼耶(Antoine Monnier)写的那本奇异之作《古代司祭艺术——卢浮宫中希腊罗马主要纪念建筑寓意作品诠释》(*Art sacerdotal antique, explication du sens allégorique des principaux monuments grecs et romain du Louvre*)(1897)。——原书注

没有打算创造一门新的艺术，而是接受了当时为所有人所熟知的艺术，但是奥朗特①图像除外——当然图像本身是令人敬仰的——，他们一开始几乎没有创造任何东西。胜利女神、爱的小天使、美杜莎、普罗米修斯、狄俄斯库里②、四季之神、伊卡洛斯、西勒诺斯③、河流之神、精灵普赛克④以及爱神是一些地下墓穴中常见的装饰主题。它们在基督徒的眼中代表着新的含义吗？人们并不这么认为。然而葡萄园对罗马人来说意味着丧葬之地，它在基督教的地下墓穴中也很常见，但意义却完全相反。根据圣约翰⑤的解读，它代表着生命与基督，很可能与福音书第15章的内容相符合。俄狄浦斯早已成为基督教的传奇，圣奥古斯丁赋予他像女预言家一样的先知者的角色。在地下墓穴中，俄狄浦斯以其温柔、声音的魅力以及痛苦的死亡成为耶稣的化身。他的形象从不与欧律狄刻同时出现在墓穴中，而是独自一人，身边环绕着聆听他诗句的动物。

---

① 奥朗特（Orante），早期基督教美术中的妇女祷告像，姿势为站立、双臂上举，反映了早期基督徒的标准祷告姿势，其地位在早期基督教艺术中尤为重要。

② 狄俄斯库里（Dioscures），希腊神话中宙斯的儿子。

③ 西勒诺斯，希腊神话中的"森林之神"，也是酒神狄奥尼索斯的老朋友以及年轻时的导师，在雕塑及绘画中常常是一个饮酒者的形象。

④ 普赛克，希腊神话中以少女形象出现的人类灵魂的化身，与爱神厄洛斯相恋。

⑤ 圣约翰，也称施洗者约翰，在耶稣开始传教之前，即劝人悔改，相传曾为耶稣施洗。

这就是基督教在现实的基础上对古代象征形象的改变。渐渐地，俄狄浦斯的听众只剩一只小羊，他也自认为自己是一个好牧人；在基督教的象征中，这个形象展示中最后只剩下那只羔羊。人们曾经认为好牧人只是扛着公羊的男人雕塑（Apollon Criophore）的一种变化形式，尽管有这种可能，但我们仍无法考证。因此，在天主教艺术中，思想源于基督教，而形象则源于异教。

于斯曼先生非常用心地分析了这种既复杂又奇怪的中世纪象征形式。但是不论是野兽或是花朵，色彩或是宝石，他从不顾忌它们最初的雏形是什么，也从未操心它们最古老的来源是什么。他只是认真地一个个对比那些抄错手稿的编纂者们的作品，那些编纂者每个人都出于自己的无知，将一种虔诚的重要性赋予那些在建立于对自然绝对无知的基础上形成的观念。啊！于斯曼先生在讲述他亲眼所见而非亲眼读到的事物时，当他根据自己的眼见之实来形容和比较沙特尔、第戎和布尔日的那些表现末日审判的欢喜和忧虑的浅浮雕时，此时的他是多么有趣啊！将耐心阅读这门简单学问引入到一部如《大教堂》般艺术之作和神秘之作中来，简直是一大错误！除了他在动物寓言、鸟类集锦（volucraires）和中世纪永恒的《博物学者》（*Physiologus*）中挑出来的所有内容之外，显而易见的是，除了在最原始的文献之外，直到 16 世纪为止，野兽和植物的象征意义还依然让教会为之抓狂，就像一堆毫无关联、一钱不值的债券所表现的那样："对他（伪休格）来说，秃鹫代表懒惰，鸢代表贪婪，乌鸦代表诽谤，枭代表忧郁病，鸥䴕代表无知，喜鹊代表呱噪，鸡冠鸟代表肮脏和声名狼藉。"按照这种逻辑，我们便可以继续为每一头牲口、每一种植物、每一种矿物、每个由人类创造之物甚至每个人体部位都赋予一种美德、邪恶、宗教或道德事实以及教义条款中的一条。我们因此便拥有了一种真正的象形语言，它非常适用于用肉眼观察基本事实。花之语至今依然流行，依然在让那些单纯的心为其所用，这种语言是最古老的象征意义中的最后一点残余。17世纪，象征的王位在宗教道德领域被标志取而代之，在艺术领域则被暗喻取代。直到16世纪为止，人们仍相信"在这片土地上，万物皆符号，万物皆形象，而且可见之物并不能等同于被它遮蔽住的不可见之物"。而天主教艺术的目的在于让自然开口讲话，强制天空和大地开口讲述上帝的荣耀，或者成为人类的典范和劝诫者。伊夫·德·沙特尔[①]就确认说，象征主义已经被传授给人民大众，或者至少很可能在那些广泛使用象征的牧师们的影响下，人民已经对这种混乱、自相矛盾而且虚幻的科学中的某些概念有了一定的了解。传教者们解释彩绘玻

[①] 伊夫·德·沙特尔（Yves de Chartres，1040—1116），主教，格里高利改革的坚定支持者。

璃、壁画以及浅浮雕的意思，但每个人都有自己的解释，因为人们只在很少一部分主题上取得了共识。圣贝尔纳这位严苛的福音传道士谴责那些教堂和隐修院用来装扮自己的象征性装饰，他不想承认这种语言，它常常止步于目光，却并不进入人心。关于这一点，在他的信件中，有一段很好玩的描述：

> 这种可笑的畸形，这畸变得极为奇妙的高雅之感，这些展现在教友们眼前，让他们在祈祷时心烦、在阅读时分心的优雅的丑恶到底意味着什么呢？我们要拿这些肮脏的猴子、愤怒的狮子、可怕的半人马或半人怪、浑身斑点的老虎、作战中的士兵还有那些吹响号角的猎手干什么呢？这里一个独头多身怪，那里一个独身多头魔。有一个动物蛇尾四脚，或者它是一条长着四脚动物头颅的鱼。有一只动物一半是马一半是山羊，还有一只头上长角，结果下半身躯干又是马。最后，由于到处都是各种变幻莫测的不同形状的怪物，使得在大理石上阅读比在羊皮纸上阅读有趣多了，因此人们更愿意花费成天的时间来欣赏这么多优美的雕塑作品，而不是研究或是冥想神圣法则①。

---

① 吉德尔（Ch. Gidel）引，《关于一首未出版的无题希腊诗》（*Sur un poème grec inédit intitulé*: *Ο ΦΥΣΙΟΛΟΓΟΣ*）（希腊研究协会年刊，1873）。——原书注

在这段描写中，人们能辨认出几个在动物寓言中精心描述过的一些可疑动物（dubia animalia）的形象，它们也出现在许多大教堂中，例如薮羚属动物、牡蛎、蚁狮、凤凰、农牧神、森林之神、美人鱼、拉米亚、半人马（Onocentaures）和独角兽。好吧，于斯曼先生不再考虑传统和塞缪尔·博沙尔（在他的"*Hierozoicon*"或《神圣动物》中），而是运用理性主义的阐释，认为这些怪物——其中大部分在《圣经》中都曾提及——和东方的寻常野兽就是一回事。我们对牡蛎和拉米亚深信不疑，可能它们更有趣，也更确定无疑。我们相信圣爱比法的戈耳工（它是圣兽最古老的牧师）："戈耳工好似一位美女，有一头金色的头发，发尾是蛇头的形状。她从头到脚都充满了魅力，但一旦看向她，死神便会降临。在狂怒的时候，她会用声音召唤狮子、龙和其他的动物来到自己身边，听者无一不从。最后，她会邀请人类前来。只要她愿意把自己的头藏起来，人类便会想法设法靠近她。她真的遮住自己的脑袋，于是人类便借此机会抓住她。在她的帮助下，人们杀掉狮子和龙。亚历山大就和戈耳工·斯库拉在一起。[1]"她变成了原罪和诱惑的象征。

对于中世纪过于虔诚的注释者来说，象征性地对整个自

---

　　[1]　同上引，第 222 页。希腊原文是这样开头的：Μορφήν γαρ πόρνης χέκτηται θηρίεν ή γοργόνη。——原书注

然和某些伪奇迹进行阐释是不够的。对古希腊-拉丁神话的阐释就是这样处理的。这种方法很有建设性，而且菲利普·德·维特里①（14世纪）的一首《奥维德·勒·格朗寓言》（*Romant des Fables Ovide le Grant*），无疑取得了一定的成功。菲利普至少有发明的功劳，他有着自己独特的方式。让我们惊讶的是，于斯曼先生并没有对他的想象加以概述，然而这些想象对于"使拉丁语免受丑化色情、丑化老山羊和玫瑰的可怕结合的异教的影响②"非常有用。经过圣水的洗礼，奥维德的变形变得十分纯洁，而且对忧心忡忡的灵魂有着治愈的作用。这是迎合我们热情的一本新《圣经》。以下是修正后的狄安娜和阿克泰翁图：狄安娜象征神圣的三位一体，鹿象征耶稣基督，阿克泰翁则是耶稣基督的化身，那些狗就象征着犹太人。在阿德墨托斯口中有关阿波罗的趣事中，阿波罗依然是基督，墨丘利代表医生，羊群是基督徒，牧棒是主教的拐杖；七弦里拉琴同时代表着七条信经、七宗圣事和七种美德。阿瑞斯泰俄斯的故事是这样解释的：耶稣基督是公牛，信徒们是蜜蜂。比布利斯爱上自己的哥哥，而后幻化为泉眼，她是神圣智

---

①　菲利普·德·维特里（Philippe de Vitry，1291—1361），法国作曲家、等节奏型经文歌大师，又是音乐理论家、哲学家和诗人；1320年起为政治和宗教活动家，14世纪50年代初起担任莫城主教。他是新艺术（Ars nova）时期音乐—诗歌艺术的奠基人和思想家之一。

②　《大教堂》，第464页。——原书注

慧的化身。卡德摩斯是那个排斥她的哥哥，但仍然代表犹太人。异教徒由帕拉斯来界定，教会由淮德拉和阿塔兰塔来掌管，撒旦由巨蟒和兀兒来代言，犹大则由克法罗斯（Céphale）和卡利斯托（Callisto）代表。

更早之前，黄道带的十二个星座对应着十二个信徒。但这一观点受到了驳斥，每个星座的形象也被折叠起来呈现：天蝎座代表撒旦，射手座代表胜利的耶稣基督，摩羯座代表忏悔者，狮子座代表恶人，巨蟹座代表异端，金牛座代表神圣的献祭。一个名叫"室女"的星座，在一套同样古老的专业术语中长期充当护教的论据，和维吉尔的某些诗句以及由女预言家们炮制出来的彻头彻尾的伪文学一样。

于斯曼先生引用了梅里东关于人体象征意义的论点[1]：它并不十分奇怪，以下是选自《神圣爱情守则之书》（*Livre de la Discipline de l'Amour divine*）（1519）的另一处关于象征性的说明：

---

[1] 萨第斯主教圣梅里东，生于公元 2 世纪，是希腊最著名的神学家之一。人们认为《圣书要点》（*Clef de la sainte Ecriture*）是他所作。这部伪作，曾在修道院长奥博（Auber）的著作《象征主义》（*Symbolisme*）中得到体现，同时也被《大教堂》的作者十分珍视。一部论述了哥特式教堂象征性的作品，不太可能是由一位 2 世纪的希腊作家所作；然而斯曼先生在引用迪朗·戴·芒德（13 世纪）的论述后写道："看过同时代的其他象征主义者之后，如萨第斯主教圣梅里东、大主教皮埃尔·德·卡普阿，是时候该研究圣母玛利亚的象征意义了。"——原书注

人类这种生物的特点就在于典雅和高尚，在灵魂层面，人类是所有生物的影像和仿像。人体上方的圆形封闭首领部位集所有人体感官于一体，它代表着天空，眼睛代表太阳和月亮，其他的感官则与星星相呼应。就像这个世界被天空中的七大星球按其规则所控制一样，人体的首领部位上也有能够精密地控制人体的七个进出的洞：两个在眼睛，两个在耳朵，两个在鼻孔，还有一个在嘴巴里，借助这七个孔洞，灵魂完成身体和思想上的运转。借助四大元素，我们的眼睛的光彩变得更加清晰，我们的肺部有了空气，肚子里有了水，双腿接了地气。人体的骨骼是那些就像石头和金属那样貌似存在，但却没有生命和感觉的造物的表象。手、脚的指甲和头发会在我们不经意间长出和褪去，它们貌似存在，但其生命却是植物性的，它们就和植物和草木一样对人来说完全无感。人体就是大千世界的表象，是造物主上帝以及所有生物的图像和明确的拟像。

　　象征主义没落的时期也是它最古怪的错乱阶段。如果能够了解这些延续时间最长的潮流以及最具特色的习俗是如何终结的还是很不错的，因此我在此还是想简要介绍一下出版于 1520 年的《精神封斋》(*Quadragésimal spirituel*)。这本书应该是很有意义的：人们在斋戒期作为头盘食用的沙拉的作用如同上帝的语录，应该能够为我们带来食欲和勇气。我们等量地放在沙拉中的橄榄油和食醋分别代表着仁慈和神圣的正义。油炸的蚕豆代表忏悔。为了煮得更烂，蚕豆必须在水中浸泡过，就好像忏悔者也应该浸泡在沉思之水中一样。豆子只能用河水才能煮好，它们是忏悔的代表，因为忏悔就必须伴随着真正的悔恨。土豆泥点缀着斋戒期的餐桌，而且必须先经过细箩筛过，形象地代表了戒除原罪的决心。七鳃鳗这种品质极佳又极为贵重的鱼是对原罪的宽恕，应当交出我们不应当拥有的全部东西才能买下它，在交出的同时也卸下我们心中所有的怨恨。

　　……不然你们就不会把七鳃鳗连同它的血一起体面地吃下了，它的血可以用来制作美味的调味汁，这激情的功绩还有待考察……所有汤汁、调味汁和斋戒期肉里都应该放点藏红花，我们由此就能感受到天上人间般的喜悦，而这种喜悦感是我们在制作任何菜品、闻它们的味道、给它们配菜时都应该念念不忘的感觉。没有藏红花，我们可能永远都不会有好的土豆泥、好的筛选过的豆子、好的调味汁，同样，如果我们心里没有惦记着天上人间般的喜悦，我们也不会吃到美味的精神羹汤。

上述这段文字在《大教堂》中自然很有市场，在这本书中，于斯曼先生一直不懈地塞进他关于餐桌的议论和关于烹饪的影射，介绍得堪称菜谱，而且还挺讨人喜欢的，从蒲公英到猪肉丁无一不介绍①。

　　总而言之，象征主义在其漫长的甚至有些过于冗长的记载中，一直都被人以令人满意的方式，凭借渊博的知识加以解读，使得无论是忠实的读者还是对此漠不关心的人，都会觉得精彩眩目。笃信福音的人甚至以能够发现别的派别的人在关于黑人圣母、高卢人教堂的使徒教义以及与圣亚略巴古的丢尼修有关的问题上犯下的一些错误而沾沾自喜，教士对所有这些问题苦苦相争，而于斯曼先生则提出了考古学家神甫们最喜闻乐见的解决办法。大家一致认为，沙特尔和勒皮的黑人圣母都来源于德鲁伊教祭司②："早在约阿希姆的女儿出生之前，德鲁伊教祭司们早已在现如今变成我们地下室的岩洞中，建起了供奉圣母的祭坛，这种祭坛应该孕育了之后的 *Virgini pariturae*（圣处女形象）。出于某

────────────

　　①　见《大教堂》，第438页。——原书注
　　②　德鲁伊（Druide）意为"熟悉橡树的人""橡树贤者"。在历史上，德鲁伊教祭司是凯尔特民族的神职人员，主要特点是在森林里居住，擅长运用草药进行治疗，以橡果为圣物。德鲁伊教是西方世界最古老的信仰之一，是分布在英国及欧洲大陆的古老民族凯尔特人的宗教，信徒崇拜大自然，如山河日月、植物及动物等，现今的女巫形象大都出自德鲁伊教的仪式。

种圣宠,他们曾有过救世主般的直觉,但他的母亲却仍保持着无瑕之身……"这一点没有什么可纠结的。黑人圣母源于东方,直到 12 世纪之前,法国都还没有出现一个黑人圣母。这种关于预兆的文学可真是奇怪啊！为了寻找圣母的先兆,人们甚至远赴中国,发现处女姜嫄(Kiang-Yuen)在一道闪电掠过之后奇迹般地怀上了她的儿子后稷(Heou-Tsi)①！尧的母亲也是借助星星的光亮而受孕,禹的母亲则是因为一颗珍珠掉落在她胸间而怀上了禹②！在了解这些知识之后,谁还会怀疑德鲁伊教祭司们纯真的恻隐之心呢？人们给《大教堂》的作者挑出的第二个教会风格的错误,就是一方面企图要把高卢地区福音布道的历史提前到当时皈依使徒的门徒们或者使徒本人身上,并把古老教堂的建设历史也提早,而很多建成于中世纪的身世明确的纪念性建筑正诞生于这些教堂。事实是,如果我们将公元 198 年建成教堂的里昂排除在外,那么在 3 世纪中期,高卢地区尚未出现基督教的任何严肃可信的迹象。事实上,高卢人的福音传教始于 4 世纪的圣马丁时期。而第三个此类的错误是最奇怪、最荒谬也是

---

① 根据《诗·大雅·生民》记载:"厥初生民,时维姜嫄。"又据《史记·周本纪》记载,姜嫄为帝喾元妃,在荒野踏上巨人足迹,身动而有孕,遂生后稷。

② 见奥古斯丁·柏娜提(A. Bonnetty)所著《原始传统》(*Traditions primitive*)(基督教史年鉴,1839 年)。——原书注

最顽固的,于斯曼塑造了一个名叫丢尼修的希腊人,他在圣保罗的影响下改信基督教,而且既是一系列令人惊叹的神秘作品的作者,又是雅典和巴黎的第一位主教。这位神秘的人物以一己之身过着三个截然不同的丢尼修的生活:雅典主教亚略巴古的丢尼修,3世纪末期在巴黎殉难的圣丢尼修,以及最后一位公元6世纪时期神秘的希腊作家,他创作了许多有关神秘神学的书籍并将它们以亚略巴古的丢尼修之名偷偷出版。这个问题自17世纪起就已经解决,但虔诚之心一直渴望着奇迹的出现。还有什么比圣保罗的同时代人对教会的等级制度和各种类别的僧侣发表长篇大论这件奇迹还要惊人的呢?

V

毫无疑问,凡此种种对于小说的整个篇幅来讲并不十分重要,但它们却证明人们不可能单凭心血来潮就能当个历史学家,正如《大教堂》中其他部分的内容所证明的那样,人们不可能轻而易举地掌握神学,无论是神秘的还是教条的神学都是如此。例如,于斯曼先生认为圣人们一生当中至关重要的东西是所见、幻觉以及与魔鬼进行的斗争。他并不知道,所有这些次要之物从来都不足以成为封圣的理由①。他不知道,只有在这些次要之物以多余的方式来到追求遁世、牺牲以及慈悲的生命中之时,人们才会接受它。他不知道,圣人们频繁发生的大脑错乱在神经错乱的人身上发生的也并不少。或者,于斯曼一开始沉迷于美景和奇观,他认为魔鬼是神圣仙境的场景不可或缺的导演者。当他想要讲述克里斯蒂娜·德·斯多迈尔(Christine de Stommeln)(根据某份不可信的材料,他称其为克里斯蒂娜·德·斯当柏[Christine de Stumbèle])故事的某些特点时,他所选择的,而且也是让他为之感动和震撼的素材,是一系列有关食粪昆虫的滑稽剧,正是它们搅乱了这位十分迷人的女孩的生活,而女孩却将这件事算到撒旦头上。"……它们一边取暖一边谈论着魔鬼正打算进行的令人厌恶的侵犯,突然,场面发生了变化,它们一个个地被粪便淹没,而克里斯蒂娜,用宗教的话语来说,已经被粪便淋遍全身……②"皮埃尔·德·达斯(Pierre de Dace)教士是克里斯蒂娜的朋友兼信任的人,但却不是她的告解神甫,他也确实曾经记下她的部分生活,而勒南又根据《圣人传》的

---

① 兰贝蒂(Lamberti)主教,《论正典》(De Canonis)。比埃尔·德·布瓦兹蒙(Brière de Boismont)引,《幻想》(Hallucinations),第二版,第523页。——原书注

② 此类幻想在歇斯底里的疯狂中并不十分少见。比埃尔·德·布瓦兹蒙,同上引,第73、74条评论。——原书注

续编者们、盖地弗①、巴普布洛②以及一本现代自传作家的说法给我们讲了一遍③。她是一个出生在科隆附近的农家女子。她受过一点教育，虽然不会写字，但却能够轻松地阅读并且理解拉丁文。和圣加大利纳一样，她自童年时代开始，就通过一场神秘的婚姻和基督紧紧联系在一起。她十分虔诚、十分温柔而且十分忧伤，是个"忧伤的妻子（sponsa dolorosa）"。1267 年，生于哥得兰岛并在科隆钻研修道的年轻的多明我会教士皮埃尔第一次遇到克里斯蒂娜。他同样也有神秘狂热的倾向，一份十分纯净的爱情将两个孩子的心联结在一起，于是在一个祈祷和热烈赞颂的夜晚，他们一起庆祝了精神上的订婚仪式，皮埃尔·德·达斯事后说道："哦，美好的夜晚，温柔舒适的夜晚，我第一次体会到这么舒适的感觉！"（O felix nox，o dulcis et delectabilis nox in qua mihi primum est degustare datum quam sit suavis Dominus!）克里斯蒂娜是一位真正的癔病受害者，她所有的感官都对应着不同的幻想，在幻想中又被厌恶和悲伤的印象所控制。甚至，出于虔诚之心，她还会用锋利的钉子刺穿自己的身体。她遍体鳞伤，血流不止。

---

① 盖地弗（Jacques Quétif，1618—1698），法国多明我会修士、目录学家。

② 巴普布洛（Daniel Papebroch，1628—1658），一名博学的荷兰神父。

③ 《两个世界杂志》（*Revue des Deux-Monde*），1880 年 5 月 15 日。——原书注

有一天，她把一颗血迹斑斑的钉子送给皮埃尔，那颗钉子余温尚在，"还带着她胸口的热度"。真是奇怪的爱情啊！但是我们正处在希尔德加德（Hildegarde）、梅切尔德（Mechtilde）以及另外一位克里斯蒂娜的时代，她也同样神经紧张、同样因爱情和痛苦而忧郁。我们也同样处在凯瑟琳·艾默瑞奇①的国度，她的生命堪称奇迹。我们应当理解所有的心灵状态，并且了解欲望的多样性。当离开一段时间的皮埃尔回到斯托梅恩的时候，他发现克里斯蒂娜变得更加平和、简单、可爱而且满面笑容，"整个人举手投足之间都洋溢着圣宠"。她的痛苦减轻了，在她父亲舒适的房子里，发挥一位典型的殷勤好客的年轻女孩的作用，在用餐前后拿着水壶洒水在客人手上。皮埃尔在斯托梅恩停留的几天当中，克里斯蒂娜成了一个小型神秘主义学会的发起者和中心人物。几位布道兄弟会成员、教区的老师、格瓦（Géva）、圣则济利亚的女修道院院长、修女热尔特律德、克里斯蒂娜的朋友希拉、老艾雷德尔聚集在一起，他们阅读并评论亚略巴古的丢尼修和理查德·德·圣维克多的作品。在这个圈子里，一切都显得那么不庸俗；虔诚与哲学相关，而笃信则上升到神秘主义的高度。皮埃尔再次奔赴拉戈蒂，两个订婚者之间开始通信，这段通信见证了一段充满激

---

① 凯瑟琳·艾默瑞奇（Catherine Emerich，1774—1824），罗马天主教奥古斯丁会修女。

情的友谊。克里斯蒂娜向皮埃尔透露说，基督向她承诺，他们两个将会并肩相伴到永远。她表现得柔情似水，并且像孩童般写道："克里斯蒂娜一生中，亲爱的、最亲爱的兄弟。"(*Caro，cariori，carissimo frati—Christina sua tota ...*) 两人的通信在1282 年中断，克里斯蒂娜当时四十岁。之后人们就再也没有皮埃尔的消息，他或于 1288 年去世，去世前任维茨比（Witsby）修道院的院长。他的朋友在他死后依然活着，而这一点正是"她认为的最残酷的苦难"。她直到 1312 年方才离世，而且随着年龄的增长，她终于找回了身体和心灵的平静。这便是这段纯洁爱情故事的概要，在粗俗之风兴盛的数个世纪中，这段堪称典范的虔诚的柏拉图式爱情让许多高雅的灵魂为之倾倒。然而吸引于斯曼先生的却正是这种时代性的粗俗，而不是这位克里斯蒂娜与众不同的优雅，抑或是她的朋友皮埃尔的温柔：忏悔时使用的全部净水都没能将《大教堂》英雄气概的作者身上老旧的自然主义习气洗净。

可能在塑造了神秘与异端故事中淫荡的撒旦形象之后，他想要塑造一个正统的撒旦形象，而且和中世纪时的普遍观点一样，他眼中的撒旦是一个既肮脏又滑稽而且外表独特的人物形象。这个撒旦"亲切有礼"，在以往许多具有教育意义的表演中扮演小丑的形象，他的脸上脏兮兮的，逗得百姓们哈哈大笑,最后被人们嘲笑和唾弃。在人们中邪的时候,撒旦和他的小鬼喽啰们扮演着不为人所知的本原角色;他们代表着所有神秘疾病的源头。人们通过三种易腐坏元素无法治愈腐坏,证实了小鬼们的存在和顽强抵抗的特性,而作为第四元素的火是无法净化的。鉴于人类所有的方法全部失败了,人们只能求助于魔法。这方法古已有之。罗马人驱魔的模式,那些十分华丽的祈求仪式,便是由此而来。圣奥古斯丁说起邪恶的神灵,就像当下的人们在说微生物一样:"它们啄食我们的肉体,玷污我们的身躯,渗进我们的血液,使我们感染疾病。[1]"它们特别容易在水中留存,其危害从宗教和科学这两个角度都可以解释得十分清楚:一定要将水煮沸,或是打上救赎的烙印,因为魔鬼既惧怕火,又惧怕十字架。1870 年,教皇庇护九世就曾确认说:"那时的魔鬼数量极多,它们既恐怖又恶毒,"并总结道,"让我们祈求耶稣基督吧,这是唯一的解决办法,耶稣正是为了净化空气才被绞死在绞刑架上,抚慰自然(*ut naturam purgaret*)。"

这些便是一些评论和小小的批评,其博学性远超文学性,它们所针对的那本书恰好为这些评论和批评自愿提供了证

---

[1]　《论神性》(*De Divinitate*),III,iii。——原书注

据。这本书有许多优点。其中一半以上的长篇大论时不时运用了浅浮雕似的写作手法，完全配得上它大力赞扬的宏伟的石头意象。但书中表现生活与对话的现代部分却显得非常弱，一直处于暗淡阴沉的状态。此处的写作有时脆弱得让人满腹惆怅。我们能读到一些类似海滨浴场宣传手册里的语句："卢尔德达到了他的巅峰"，圣特雷斯被描述为"无与伦比的女修道院院长"，对一个作家来说，这个表达品味不足，而且缺乏特别的修饰词汇，对一个像他这样的作家来说，至少应该知道，对恪守圣本笃戒律——无论传统的还是改革之后的戒律——的不同修会来说，每家修道院的男院长和女院长的职权和姓名都别具一格。最后，大幅的镶嵌画上布满了污点和窟窿，而且许多地方还随意镶嵌着一些表现着人类采药场景的小玻璃块。

这本书内容丰富，文笔干巴巴。书中人文精神的缺乏几乎已经到了令人痛苦的地步。没有一丝温和、傲人、精辟之处，没有一个字在既然已经无法触及理性的前提下让人想要投入到一种信仰或是梦境。而且如果说宗教之感并非一名乡下议事司铎古怪的圣母崇拜，那么它也没有任何宗教性的内容。它也没有任何伟大之处：杜尔塔勒信仰的宗教从玫瑰经摇摆到了考古学。他对圣母的爱是真挚的，但是他并没有找到合适的辞藻，能够引导怀疑的心进入狂热。因此，我并不能将《大教堂》视为一本真正的天主教艺术之作。更确切地说，这是一本关于"宗教艺术"的书；但是呢，我既不想考虑那些错误，也不想看那些漏洞和缺点，因此我宁可视其为一本漂亮的书。

1898 年

异教心理

I

为了更加猛烈地抨击天主教,新教的捍卫者们一直不遗余力地想要证明异教的永恒性,多一分不多,少一分不少,刚刚好就是永恒。我们可以说他们做到了,毕竟怨恨是如此坚定、如此巧妙。在一些著作中,比如皮埃尔·穆萨德①——这位勇敢之人,皮埃尔·培尔(Pierre Bayle)曾极为宽宏大量地称其为极其杰出之人(*vir admodum illustris*)——的作品中,对此几乎无需再做赘述。至少他是一位饱学之士,其作品《古今宗教仪式中的一致性——人们通过那些不容置疑的权威机构证明,罗马教会的宗教仪式都借鉴自异教的做法》(Conformités des Cérémonies Modernes avec les anciennes où l'on prouve par des autorités incontestables que les cérémonies de l'Église romaine sont empruntées des payens)②已经证明了

---

① 皮埃尔·穆萨德(Pierre Mussard,1627—1686),法国新教神学家,出生于日内瓦,在伦敦的一所法国教堂担任牧师。

② 1667 年,莱顿,让·桑比克斯(Jean Sambix)出版社。这一版本十分少见。日内瓦的让·德杜尔那(Jean de Tournes)出版社之前出版的那一本则更加罕见。我们此处使用的是阿姆斯特丹出版社 1744 年的版本。——原书注

这一点。这本虔诚的牧师写成的书读来悦目,近来某些狂热分子对它进行抨击谩骂,反而让它更趋完整,它仍然是天主教的古老性与卓越性的最佳证据。每一种宗教都是一系列迷信行为的复杂综合体,人类借助这些行为向神祇示好。我们无法完善类似的体系,应当按照先辈们是创造还是严格地否定它们而原样接受。越古老的体系就越好,想让小孩子的游戏变得理智,那简直荒唐至极,同理,想要净化宗教的想法也是疯狂至极。那些在爱逗趣的老师们看管下进行的游戏,并不比真正的游戏缺少些什么,只不过是少了些乐趣而已。改革之后的宗教也并没有因此不再是宗教,只是被剥夺了全部孩童般的恩泽而已。无论是哪种信仰,都是一种迷信。如果说信仰唯一的上帝并为之祈祷的行为是虔诚的,那么信仰万神殿中的所有神明并为之献出所有的水果和羔羊,就是一种更加宽厚、更加美好的行为。为何只尊崇唯一一个朱庇特或唯一一个耶和华呢?难道他们比起其他的英雄和圣徒,更好地证实了自己的客观存在吗?新教徒们在从基督教中去除圣徒崇拜的同时,也去除了构成其人类真相的全部内容。真正的神首先就应当在世间真实地活过,随后,他们的意旨才会在他自己营造的神的状态,也就是英雄的状态下耳提面命地授意给人民。民众更容易接受那些曾经生而为人,或者至少在身体(尽管是美化过的身体)、激情、爱慕等方面以人的面貌出现的神灵。几乎整个宗教都围绕着这个简单的道德行为展开,而这种现象就是契约。

近几年,我们非常欣喜地看到人们对帕多瓦的圣安东尼历史悠久的崇拜所采用的形式。信徒向这位偶像贡献祭品,以求得某种服务:这就是崇拜的主题。它与宗教迷信最古老的圣物同样悠久。神明也有不同的需求,他的能力还不足以帮助自己实现愿望:例如他们不会自己建造神庙,不会自己祈祷,不会焚香。于是人类便来满足他们这些对虚荣心的需求,契约由此得以订立。人类为神庙带来砖石,而神便为人类带来仅凭其一己之力无法获得的尘世财物。而这桩买卖是否合适要由神来判定。通常情况下,只要人类能够信仰坚定,人就会觉得买卖合适。人类之所以能容忍宗教的存在,仅仅是因为宗教的实用性。正是这种实用性揭示了它的真相。

菲利普·拜耳日(Philippe Berger)先生曾经说:"腓尼基人的生活,就是与神的永恒契约。[①]"但是对于虔诚之人或是信徒来讲,他们的生活一直都是一种暗示或者明示的契约,神秘性无法摆脱这种必要性,寂静主义者也是如此。没有一个

---

① 见《大百科全书》中的《腓尼基》部分。——原书注

爱人不渴望爱情，不从内心深处渴求它：圣泰雷兹尽管为了激情而牺牲了自己的快乐，她依然渴望被爱。在新教中，信仰取代了天平上一个托盘中的所盛之物。人们和上帝进行交易，上帝拯救那个信仰其神性的人的灵魂。这说法比多神论者的契约尽管更加大胆，但也并非不那么天真，因为人们其实只付出了极少的东西来和无所不能的智慧之神交换一项极大的福祉。祈祷只是人与神之间契约的开始。如果上帝允诺了人类所求的恩惠，那么人类便会因害怕自己祈祷之事在未来得不到实现，而不得不按照神父定下的规矩行事。但是这中间有某种妥协。

在一位加尔文教派牧师未出版的作品《日志》中，我时常会发现这些呼喊："主啊，想想你的承诺吧！……在 1836 年，你曾告诉我会一直陪在我身边……啊，主啊，1829 年我独自一人在这殿堂中祈祷之时，你曾向我承诺，会一直握着我的手，陪伴在我身边，一直支撑我走到生命的尽头……"他又向上帝诉说这承诺实现的日期：1837 年 11 月 23 日，在 N＊＊＊太太家；1840 年，在瓦赫（Wahern）；1842 年，在日内瓦等等；他真诚地向他的神明缔约方说："三十四年来，你一直信守承诺，我很可能不可以这么说，但我是一个罪人，但我仍相信你的仁慈。"这些契约的特点都是在请求神明的仁慈。人类如果知道仁慈的抽象定义，那么他们应该将其放在某处。但这个某处不应该是他们本身,因为他们懦弱、残忍并且虚伪:而神正产生于人身上中最不人性的部分。

契约是宗教的本质。它可以无差别地适用于所有宗教,并且解释所有宗教。一项条款合理的宗教契约堪称一本研究人类心性必不可少的书籍,与此同时,它还奠定了宗教的科学历史的根基,而这一历史几乎刚刚被我们感知到。

罗马的宗教便是建立在契约之上的宗教。当它聚合为基督教这个并不受欢迎的未来的道德教派时,它就已经默认其书写方式会发生某些变化。

随着时间的变化,原来的:

| MERCURIO ET MINERVAE | 墨丘利和密涅瓦 |
| DIIS TVTELARIB | 特维特拉里布的神 |

就变成了:

| MARIA ET FRANCISCE | 玛利亚和方济各 |
| TVTELARES MEI | 我的特维特拉里斯 |

这是标志着异教向天主教过渡的最重要的变化之一。人们乐于从演说作品及神学家的卖弄中汲取灵感,撰写基督教的盛大排场:于是人们便掌握了那些相对优越的民众导师们头脑中的宗教思想进化史。但大众眼中的宗教历史是截然不同的,而大众眼中的历史才是唯一重要的,因为宗教是一种孩童式的需求,而且民众导师眼中的宗教信仰最终会通往笛卡

尔主义式的怀疑论。如果人们纵观真正的罗马天主教历史，首先我们不会注意到任何改革，它只是一种发展的停滞或是倒退。新教在哲学史中找到了一席之地，它在其中形成一种反动的派别，其影响要比它在宗教历史中的要更大，新教改写了宗教的真正原则。如果不考虑这个问题，人们还可以追溯到已知的最古老的宗教——罗马主义或许可以声称自己正是沿袭于此——一直追溯到腓尼基人，追溯到埃及人，无论是腓尼基还是埃及，尽管两地相距非常遥远，但都可以追溯到最古老的亚洲迷信活动的核心部分。根据信仰的变化轨迹，我们应该说说耶稣了，但我们能说的并不比我们对巴克斯、伊西斯或是密特拉的了解更多。在大众的天主教中，属于巴斯克主义①、伊西斯主义、密特拉主义的成分和基督教本身一样多，而且所有这些全部都稚拙地嫁接到长满高贵枝权的古老的罗马万神殿之树上。就像我们得到语言一样，我们也得到了拉齐奥宗教。在罗马帝国之外，也仅仅是在罗马帝国之外，犹太基督教才得以建立并存世。今天的新教国家一直都有基督性质，而今天的天主教国家却一直保留着罗马或是希腊-罗马的印记，一张历史地图就能让这个并不为人所知的事实变得十分清晰。

①　巴斯克主义，主张所有巴斯克人是一个民族，并且应该加强巴斯克人的文化团结的一种思想。

II

　　提比略①时期，人们还有可能创造一种道德，但却没办法再创造一种宗教。在东方也好西方也好，过去的宗教无论在美感还是财富方面均超越了所有能够使犹太先知或是希腊-拉丁语小说家头脑中能够沸腾的全部想象。无论是耶稣还是菲罗斯特②都不曾创立宗教。密特拉从东方来时，带来了一整套教条理论。在大批信众的簇拥之下，巴克斯和伊西斯把这片贫瘠荒凉的土地上出现的各种各样分散的迷信全部都吸引过来。一只软体动物只有给自己披上甲壳才能变成一只贝类动物。基督教在进入神秘的异教的过程中自身形成了一种宗教，但是异教的衰老却早已使其内部的肌体变得日趋衰弱。一位使徒和一位哲学家一样身着随便挑中的长袍，全身的毛发好似在先知的风中飘荡，他走进一座神庙，重新命名了早已存在长达百年的神。战神玛尔斯变身为玛蒂娜③，而早已对宗教上的新鲜事物司空见惯的百姓们对此并未表现出极大的

---

　　①　提比略(Tibère，前42—37)，罗马帝国第二任皇帝，在位时间为公元14—37年。

　　②　菲罗斯特(Philostrate)，莎士比亚《仲夏夜之梦》中的虚构人物。

　　③　玛蒂娜(Saint Martina)，生活在罗马时代的基督教女圣徒。

惊讶。大量的神像在被战火摧残后的房屋中长眠,人们在活得太久最后倒下的神像的底座上立起新的女神像,一段碑文向我们见证着它那质朴的转变:

Martirii gestans virgo Martina coronam
贞女玛蒂娜头戴玛尔斯的王冠
Ejecto hinc Martis numine templa tenet.
当玛尔斯的神性被逐时,他保留了神殿。

战争是诸神之间的战争,并不是宗教之间的战争。世上只存在一种宗教,它常变常新,常葆青春。

有些更加熟悉福音书的使徒们有时会下令摧毁神庙,消灭众神,但是民众们会对此奋起反抗,于是古老的宗教便会在森林和石洞中得以永存。不久之后,福音派的野蛮行径催生了巫术,一种神秘的礼拜仪式就会突然变得放纵且邪恶。如今的巴黎,一旦宗教的势力减弱,梦游者便会占据上风。思想自由对百姓来说,就和塔罗牌和咖啡馆的残渣一样。人们只是转移了迷信,但并没有将其摧毁。在对僧侣奥古斯丁的指示中,格列高利一世坚定地反对一切无用的拆除。他说:"不要倾覆神庙,只要打翻偶像即可;如果神庙足够坚固,那就继续使用它们。"对那些虚假的理想主义者们来说,这是关于教皇的实用主义精神的多么好的一课，教皇深知砌筑神庙花费巨大，同样深知百姓们乐于见到自己的教堂得到美化，他们并不愿意容忍那些拆毁者。然而格列高利又在此处与上帝的旨意相悖，上帝曾经说："摧毁、拆除、打碎、烧掉、破坏吧；把神像碎成粉末，把神庙夷为平地吧；铁、火、血！①"但是罗马教皇的确要比一个野蛮神要高尚得多，毕竟他受过教育。而那些可悲的新教徒们却把这位来自亚洲的神灵的指示一字一句都当真了，于是他们在法德两国燃起了那么多场大火。《一致性》的作者对他们的破坏激情表示赞赏，而且他仅仅收到了教堂神父们写下的无数文字记录，它们证实了他的狂热行为。

百姓不是毁灭者。他们没有这个能力，他们的破坏力并不比建设的能力更多。他们扮演着保存者的角色，几个世纪以来，尽管受到神父们的阻碍，他们仍以令人钦佩的热情完成了这一使命。我们仍然能够——凭借着百姓们的虔诚精神保存至今的东西——重新恢复古老的罗马宗教。

在之前的研究中②，我们已经给出了几个证明宗教延续性的例子。以下是另外一些不无趣味的例子。如果它们呈现出的样子并不严谨协调，那是因为此处相关的仅是些引入性

① 《申命记》，第 12 章，第 3 节。——原书注
② 见原书第 142 页（中文版第 126—127 页）。——原书注

的注解，或是向学者们发出的呼吁，而非一项充满渊博知识的作品。

罗马人尊崇斯比尼恩希斯[①]，他保护着罗马人的田地，使其不受荆棘、起绒草以及所有危害牛羊的带刺的莠草的侵害[②]。出于同样的作用，我们还有荆棘圣母和尖刺圣母，农民们在结束劳作时会向她们致意，而女人们每逢周日便会为她们供上鲜花。斯比尼恩希斯是乡土的，他将不同的村庄联系到一起。不清楚道路的旅行者可以向他问路，他还会赶走小偷。但是只有在岔路口（Trivia）及其昏暗的辅路上才能光明正大地得到这些特殊的照顾。人们会在令人肃然起敬的老橡树的树干中看到他们的形象，后者好似嵌入树干里一般，与重新萌发的树皮紧紧包裹住一颗鲜活的种子所形成的痛苦的圣母形象十分相似。乡村路神（*dii semitales*）倾听着旅人的祈祷，并有求必应。人们将手杖、鞋子或是为防备强盗抢劫而专门准备的（空）钱袋挂在树枝上。出发之前，人们会从附近的水源中取一瓶祝福（洁净的）的圣水，然后将水虔诚地洒在自己身上。旅程结束之后，又重新进行一遍同样的仪式。人们之前曾经向神灵许下的种种承诺都必须在此刻完成，这是仪

---

① 斯比尼恩希斯（Spiniensis），古罗马神话职司棘刺的神祇之一。

② 奥托（Everardus Otto），《路神》（*De Diis vialibus*），马格德堡，1714年，卷31，第1篇。——原书注

式的要求。心愿神圣不可玷污：撤销你的誓言（*solvere vota*），就必须照契约的规定支付一定的价码。如果这个价码仍然像今天这样落到了这些庇护所的寄生虫——神父那里，在当时也还算公正。神父们至少可以用代表人们心愿的钱财修缮神像，为其祈祷和供奉香火。但是人们似乎完全沉浸在对掌管神圣财富的神职人员的爱戴之中。人们对神父过度信任，只会让他成为一个剥削者。他害怕自己的上帝，于是就让信徒同样害怕自己。

以前的桥梁护栏都安装在每个桥柱上方，或者只安装在保护桥梁的神灵雕像的中间部分，这些保护神常常是个处女神。阿米阿努斯·马尔切利努斯①曾经用非常俚俗却十分生动的拉丁语来描述这些形象，读来仿佛在阅读一种现代的语言②：“*Quales in commarginandis pontibus effigiati dolantur incomte in hominum figuras.*”③现在的桥梁也装饰着类似的形象，尽管她们非常漂亮，但看上去却很可笑，因为她们没有意义。当艺术想要被大众接受时，它不得

---

① 阿米阿努斯·马尔切利努斯（Ammianus Marcellinus，约330—约395），古罗马著名的历史学家。

② 第31卷，第1篇。——原书注

③ 此处拉丁语引文不够完整，而且与已知的版本不尽相同，根据此处表述，大意应该为“或者就像粗雕人形的雕像，放在桥的两侧，它们具有人形，而且在生活方式上也同样粗鄙、粗糙”。

不变得有用。人们会在经过时在这些偶像面前驻足片刻，或者向她们朝拜，就好像农夫们在遇到一座耶稣受难像或者圣母像时的表现一样。根据阿普列乌斯①在其作品《佛罗里达》(Florides)中的说法，"虔诚的旅人如果在路上遇到圣人的木刻雕像或者经过一处圣人之地，都会进行祈祷，放下还愿之物，并驻足片刻……"在这些圣地的装饰图案中，他提到了树干(truncus dolamine effigiatus)，以及装饰着花环的乡间祭坛，只有制作粗糙的黑色圣女在花丛中向人们提醒着这些祭坛的使命。在岔路口，最常见的是玛丽亚女神取代了主管道路的狄安娜(Diane)女神。人们不禁会自问，是否旧的偶像已经到处都被推翻，是否所有抵制民众的民心行为的努力最终只是让偶像换了个名字而已呢？甚至尽管名字换了，它们的标志依然保留了下来，它们的别名和礼拜仪式也是一样的情况。服务女神狄安娜(Diana servatrix)很自然地变成了助人圣母(Notre-Dame de Bon-Secours)，或者庇护圣母，而复归的狄安娜(Diana redux)则变成了破浪圣母(N.-D. de Flots)，成了保佑人们安全度过漫长旅程中的艰难险阻的女神。

在其余几位田园神之中，最受人爱戴的一位便是西尔瓦

---

① 阿普列乌斯(Lucius Apuleius，约125—约170)，古罗马作家、哲学家，代表作为《金驴记》(又译《变形记》)。

努斯①。纪念他的铭文数不胜数。人们主动将其与圣哉颂歌②相提并论，他同时也是拉尔众神（Lares）的主人：

SILVANO

SANCTO. SACRO

LARUM. CÆSARI

向神圣的西尔瓦努斯

向属于家神的祭品

向恺撒

这是一位完全发展成熟的圣人。他带着大众信仰业已赋予他的圣徒西尔瓦努斯之名，直接登上了基督教的祭坛。而普里阿普斯③却做出了极大的妥协让步，不得不改名换姓。他以圣维特④为

---

① 西尔瓦努斯（Silvanus），罗马宗教中的田野、森林之神，负责看护林木、作物和牧群，并使其多产。

② 圣哉颂歌，弥撒仪式中唱的圣哉颂歌，以连呼三遍圣哉开始。

③ 普里阿普斯，希腊神话中的生殖之神，罗马称其为卢提努斯（Lutinus）。他是酒神狄奥尼索斯（或宙斯，或赫尔墨斯）和阿佛洛狄忒之子，是家畜、园艺、果树、蜜蜂的保护神，以其巨大、永久勃起的男性生殖器而闻名。在西方，他的名字是"阴茎异常勃起"一词的词源。普里阿普斯的常见形象为亚洲人的外貌，戴着穆斯林的头巾，头上装饰着葡萄树的叶子，其硕大无比的生殖器上装饰着一圈由种子和葡萄果结成的花环。普里阿普斯是大自然生产力、男性性欲乃至性行为的象征。

④ 圣维特（Sanctus Vitus，约290—约303），基督教圣徒，被认为是演员、喜剧演员、舞者和癫痫病人的主保圣人。

名,以便让女性基督徒在提到他时能够不至于面红耳赤,毕竟女人们对他总是怀有一种特别的敬仰之意。于是,在民众的压力之下,主张童贞和廉耻的宗教用了几个世纪的时间,终于能够容忍那个淫欲之主,那个象征着生命的自然力量的神出现在祭坛上了!但千万不要误解,普里阿普斯在被封圣之后变得十分得体,并最终变成了婚姻的标志。若不是为了繁衍后代,他再也不会解开胸前的丝带,昔日的魔鬼如今在努力让天堂人丁兴旺,为天使们带来兄弟姐妹①。

　　每种疾病都有其对应的解救者,每种职业也都有其守护者。亚挪比乌(Arnobe)和圣奥古斯丁取笑那些等级较低的神灵。但是如今的卫道士应该不会再取笑了吧。他们曾经憎恨的人如今却统治天下,而且以神之名,并在神的庇护下,而上帝却曾经是他们嘲讽的灵感来源。

解救之神		**解救圣人**
普里阿普斯 (Priape)	⎱ 不孕不育 ⎰ 不举	⎧ 圣维特(S. Vitus)变为 ⎨ 圣吉(S. Gui),圣吉约勒 ⎪ (S. Guignolet) ⎩ 圣帕特纳(S. Paterne)

---

① 参见尼乌波尔特(G. H. Nieuport),*Rituum qui olim ao. Roman*,*botinuerint Liber*;特里尔,1723 年。——原书注

173

斯特莱尼亚 （Strenua）	懦弱	圣伏尔特 （S. Fort）
阿波罗	瘟疫	圣罗什（S. Roch） 圣塞巴斯蒂安（S. Sébastien）
赫丘利	癫痫	圣瓦朗坦（S. Valentin）
朱诺·卢西娜 （Junon Lucine）	分娩之痛	圣女玛格丽特（Ste Marguerite）
为迷途的旅行者指引道路		帕多瓦的圣安东尼寻回丢失之物
马神 （Hippona，ou Epopona）	马的疾病	圣乔治（S. Georges） 圣埃卢瓦（S. Eloi）

这张清单仅仅是个引子。尽管有的精确有的不够精确，长久以来，人们还是一直在做相似的类比。多亏了燥热神，人们得以远离发热；卢比古斯（Rubigus）使庄稼免受锈蚀的侵害；斯特库蒂乌斯（Stercutius）赋予厩肥存在的意义；奥尔波纳（Orbona）保护着孤儿。人们可以列出一份绝佳的对比清单[①]，

---

① 此处的清单中，疾病的法语表达和前面的治愈之神的法语表达都是相反或相关的关系，例如治愈冒险之痛的圣人是 Saint Bonaventure，Bonaventure 字面意思是"好的冒险"。下同，Léger 的字面意思是"轻便的，身轻如燕的"，Ouen 来自动词 ouïr，意思是"听说"，Claude 接近于 claudicant，意思是"瘸的"，Cloud 接近于 clou，意思是"疖子"，Boniface 意味"简单、轻信"的，Atourni 接近于 tourner，可以表示晕头转向的意思，而 Claire 表示"清晰"，Luce 来源于 luire，表示"发光，闪光"，Flaminie 来自 flamine，表示"祭司"，Genou 则表示"膝盖"。

因为：

圣文德（S. Bonaventure）	治愈	冒险之痛
圣莱热（S. Léger）	治愈	肥胖
圣旺（S. Ouen）	治愈	耳聋
圣克洛德（S. Claude）	治愈	瘰子
圣克劳德（S. Cloud）	治愈	疖子和脓疱
圣波尼法斯（S. Boniface）	治愈	消瘦
圣阿图尔尼（S. Atourni）	治愈	眩晕
圣女克莱尔（Ste Claire）		
圣克莱尔（S. Clair）		
圣女露丝（Ste Luce）	治愈	眼疾
圣女弗拉米尼·德·克莱尔蒙（Ste Flaminie de Clairmont）		
圣哲努（S. Genou）	治愈	痛风

在象征主义的体系中[①]，圣乔治和他的龙分别代表赫丘

---

① 在这个问题上，《梅露西娜》（Mélusine）的主编盖多兹先生（Henri Gaidoz）是世界上掌握相关材料最多的人。——原书注（译者补注：梅露西娜原为欧洲民间传说和神话故事中的泉水或河水小精灵，经常被描述为蛇身或鱼身的女性形象。此处的梅露西娜指的是一部关于神话传说、民间故事的合集（Recueil de Mythologie，Littérature populaire，Traditions & Usages），作者盖多兹，出版于1842年，后多次再版。）

利和勒拿九头蛇,手持里拉琴的阿波罗重新转世为圣则济利亚和圣热内斯,巴克科斯化身为圣文森,兀儿肯化身为圣埃卢瓦,密特拉化身为七苦圣母,朱庇特·阿蒙化身为角官鸟(Moyse cornu)。和狄安娜保护着以弗所一样,密涅瓦保护着雅典城,维纳斯保护着塞浦路斯,圣女埃莉吉(Sainte Éligie)保护着安特卫普,圣马可保护着威尼斯,圣温塞斯拉斯保护着波西米亚。相同的种族,相同的心理,相同的宗教。这一点毋庸置疑。在共和意识的高涨时期,人们就会向共和广场上的玛丽亚纳像献上鲜花。为了让百姓把她记在心里,她就不得不变成神。

许多罗马教堂都是以前异教的神庙,新名字中依然能够读出它们的家族谱系①:

神庙	教堂
朱庇特·菲来特里乌斯神庙	天坛圣母堂
良善女神	阿文丁山上的圣母玛利亚
阿波罗神庙	卡皮托勒山上的圣母玛利亚
伊西斯(位于弗拉米尼乌斯竞技场)	埃基里欧(Equirio)的

① 科尼尔斯·米德尔顿(Conyers Middleton)1964 年于阿姆斯特丹出版的著作《罗马手信》(Lettre écrite de Rome)中有一些相关信息,但并非全部都十分准确。——原书注

	圣母玛利亚
密涅瓦	密涅瓦神庙上的圣母玛利亚
维斯塔	太阳神圣母
罗慕路斯与雷穆斯	圣科姆和圣达米安 [1]

　　有些罗马教堂中的大理石主教座其实是戴克里先时期的浴缸。那不勒斯大教堂中的洗礼盆不是别的，而是一只玄武岩老酒缸，上面装饰着精美的浮雕，讲述着酒神巴克斯 [2] 的历史。在蒙泰莱奥内附近，有一座残缺不全的阿里阿德涅雕像立在一处泉水旁，他以"受尊敬的圣人"（Santa Venere）[3] 之名接受民众的朝拜。女人们祈求他帮助解决那些尊敬的神甫怯于言明之事，应该是一些关于生育困难和内心苦闷的烦恼。在该地区附近，还有一个名叫"受尊敬的圣人之港"（Porto Santa Venere）的港湾。那不勒斯历史最古老的教堂取代的其实是一座献给阿耳忒弥斯的神庙。圣母（Ma-

---

　　① 圣科姆和圣达米安，外科医生的主保圣人。

　　② 参见《罗马教会中的异教》（*Paganism in the Roman Church*），那不勒斯福音教堂教父特来德（Rev. Th. Trede）著（1899 年 6 月，《公开审判》［*The Open Court*］）。这位神甫怀着讽刺和令人难过的好心情继续创作《一致性》一书。人们并不会过多地鼓励此类作品。此类作品就是为反对大众浪漫主义而作的，它们是最有用且漂亮的辩护书。此处我们借用了特来德先生这一卓越的研究成果。——原书注

　　③ 参见圣女威尼斯，见本书第 127 页。——原书注

done）一力承担了全部古老的虔诚信仰，在波西利波，她取代了维纳斯（Vénus Euplua），而后者的名字指的正是波涛圣母。

安提诺乌斯为保护阿德里安皇帝而死，后者将其封神，并分配给那不勒斯，在那里，专门供奉他的神庙深受民众喜爱。同样以身殉主的圣让-巴蒂斯特赢得了皇帝的喜爱。仅仅这一个例子便足以证明，宗教与道德这两种观念的对立达到了何种程度。它们经常是相互矛盾的。从奥古斯特神庙到特拉西那神庙，最后它借用难得的机会变成了圣塞萨蕾（Césarée）教堂。在马尔萨拉，接受了天降大任的《启示录》一书的作者，将一位女性老预言家深藏在洞穴深处的神谕翻译出来，此书的天真朴实与讥讽警世正是来源于此。在加尔加诺山，圣米歇尔取代了卡尔卡斯，行使他的职责。从前阿波罗·费东经常光顾的卡西诺山现在成了另一位猎魔人圣马丁的休憩之所。在梅达，一位圣母医者继续向民众提供他们以前从女医神密涅瓦（Minerva Medica）那里得到的照顾。一般来说，正如马里尼昂先生[1]所证明的那样，人们对圣人陵墓的朝拜就是对圣人埃斯科拉庇俄斯（Esculape）朝拜活动的直接延续。但出于实用性原则——如果没有这一原则，所有宗教都无法

---

[1]　参见《6 世纪的教会医学》（*La Médecine dans l'église au VIe siècle*），巴黎，皮卡出版社，1887。——原书注

维持——,除了埃斯科拉庇俄斯之外,还有很多其他的治愈之神。另外,在大多数情况下,圣母玛利亚接替了这些仁慈的神灵。因此在科斯(Cos),民众们欣喜地在永恒拯救圣母身上再次找到了对阿斯克勒庇俄斯(Asclépiades)[1]的虔诚信仰[2]。

在那不勒斯附近的圣母山顶上,曾有过一座著名的良善女神神殿。时至今日,在每年圣灵降临之日,圣母依然在迎接着爬上神圣山岗前来朝觐的五万名朝圣者。

在塔兰托海湾上的那些古老的国度中,曾经有过一座供奉赫拉的神庙,它在前来朝圣并且一直在扩展控制领域的全体希腊人中间闻名遐迩。在罗马人的统治下,埃罗(Héro)变成了朱诺·卢西娜,在 5 世纪时,主教路西法将朱诺变成了玛利亚。撒拉逊人彻底抛弃了基督徒们的信条。但阿佛洛狄忒仍然统治着埃里切山,那里的空中到处飞翔着白鸽,它们总是那么圣洁。她有了圣母玛利亚的名字,事实的确如此。女神们为了保持年轻貌美,必须向时尚屈服。

我们之所以给出所有这些细节,就是为了明确我们的观点,并启发人们思考。这些细节完全值得写一篇头头是道的文章。但是鉴于我们只是止于暗示,并不打算进行证明,这项

---

① 阿斯克勒庇俄斯,古希腊医药神,手持蛇杖。
② 与赫罗达斯(Hérondas)的《拟剧》(Mimes)中的序言相比较,皮埃尔·吉拉尔(P. Quillard)译;巴黎,《法兰西信使》,1900。——原书注

工作就低级得多，因此我们并不打算坚持或者比较这些礼拜活动、风俗、习惯，也无意去提醒世人，例如告诉人们辱骂圣人其实是一种异教的传统，人们就是这样崇敬得墨忒耳，也就是罗得岛的赫拉克勒斯的；贝拉尔米诺主教[①]就曾断言，他那个时代的信众们并不惧怕嘲笑圣母，且亵渎圣母也不会招致恐惧（*blasphemando meretricem appellare non timent*）。当人们给出更多细节和比较之处时，类比就会变质。这就给怀疑主义者们留下了返身准备论据的时间。

和语言一样，宗教也会根据一种科学能够解释但却无法改革或是引导的逻辑性，来实现自身的系统化与地方化。

所有基督教直接嫁接在野蛮之上的国家都有走向新教的趋势；

所有基督教直接嫁接在浪漫主义之上的国家都有走向天主教的趋势。

在前者中，福音没有在一个更早的文明中找到制衡点；在后者中，它却被一种强大的文明吸收同化了。

人们只需要看一看欧洲地图就明白了。这套理论仅仅在几个小岛的个例上遇到一些例外，但毫无疑问的是，哪怕专门的历史也不会将这些小岛的情况列入普通的情况分析之中。

---

① 《论体面死亡的艺术》（*Traité de l'art de bien mourir*），第三卷。——原书注

我们同样会理解东方世界为何会分为希腊天主教和东正教,后者归根结底只不过是一种时刻保持激昂状态、时刻准备好冲破权威大门的新教教派。

希腊天主教在罗马或拜占庭统治下的国家广泛传播,而东正教则在蛮族中站稳了脚跟。

法国并不是拉丁化的地区,而是罗马化的土地;它只有通过继续保持天主教特性,即异教和罗马化,也可以说是反新教的特性,才能够保留它的独特之处。但是它再也无法变成新教国家,就像它永远无法变成英国或者土耳其一样。这便是改宗者们遇到的顽固而又充满讽刺的永恒难题。我们应该嘲讽他们的努力,并且不留情面地将笑对一切——除了生命——的异教的光彩,与他们自己沉重的道德观念留下的几缕青烟进行明确的对比。

如果我们抛开宗教中短暂且地方化的形式不提,我们便可以说,自古以来从没有出现过任何一种广受欢迎的、永恒的、不可动摇的宗教能够像人类自身的感觉一样。改变的是宗教精神,是人们诠释或是否定象征的方式。但是这种改变只发生在其实并不需要宗教的头脑当中,因为这些头脑能够进行探讨。真正的宗教关乎信仰,但与争论无关。它关乎体验,但与历史或是哲学论证无关。那些跛脚的朝圣者究竟有没有将自己的拐杖留在以弗所或是卢尔德? 对于所有目击者来说，这是一个不是问题的问题。所有的真理观念都应该远离宗教研究，甚至要远离相对研究。一种宗教有用，于是它就可以存活下来；如果没有用，它就必死无疑。真正的宗教是一种治疗手段，但是它走得更远，能够利用比自然医学更加朴素的手段治愈更加晦暗的病症。它甚至能治愈简单的灵魂模模糊糊的精神焦虑，这就太棒了。它使用什么手段都可以，也就是说，对一个人有用又不损害他人利益的事从来就不是什么坏事。

如果嘲讽或是诅咒宗教迷信，就是承认我们属于某个教派，至少属于一个神秘的教派。只要心智在略高于普通水平之上，人们就会将"主啊"和"祈祷圣女阿波利娜帮助消除牙痛"完全看作同一个派别。只要有信仰，便会有迷信。人们必须适应这一点，不要想着去限制这种荒诞行径。当路德在查阅了圣书之后，称这世上仅有三桩圣事，此时他完全是在以穷人的身份发声。他数了数小拇指（Petit Poucet）口袋中的石头，又猜了猜它们到底是花岗石还是粗砂岩。会说话的玫瑰到底是茶叶还是青苔？所有的宗教战争关系到的无非就是这类重要性的问题，又或者说鸡冠鸟头上的羽毛到底是何种珍宝？

深孚众望的天主教在花里胡哨的迷信场上已经收复了它在宗教改革令人灰心的影响下被迫让给理性主义的全部土

地。一系列的神话已经在我们眼前如繁花似锦，它并没有从诗歌那里得到希腊传说般的荣耀，但是它比起科学来待遇可要好多了，没有被压制和歪曲。我认为研究它比嘲笑它更加明智。人们会嘲笑赫拉克勒斯那些无法解释的成就荒唐可笑吗？人们曾在《创世记》中用三倍篇幅的极佳论述对神的创世进行了大量记载，但却不曾注意到六十年以来，或不到六十年的时间里，已经有一个甚至两个全新的三位一体之神互相纠缠着在我们眼前诞生，而那些凭借着自己的虔诚之心形成的一腔躁动的热情创出这些神明的人们对此却一无所知。新的圣人和新的神明们从晦暗中横空出世，然而那些撰写神性来由的人们对此却一无所知。然而现在能够为过去提供完美的解释，如今不神秘的东西从前也并不神秘，如今只是一个基本的心理学事实的东西在以往的几个世纪里也并没有更了不起。从来没有人教导过人类应该怎样在当下生活，而且他们自己也对此嗤之以鼻。于是有些人选择回到过去，过去至少还有些光；另外一些人则永远感到惊异，他们选择转身面对未来这片嘲讽的天空。所谓的历史法则——历史的法则只是他们欲望的逻辑自洽的发展——建成之后，一些做梦的人便会严肃地安排起他们未来终将忘记的日子。就像他们真的有未来！就好像未来能够被当作未来感知，而生命从未在现在、在当下的这一分钟——此时此刻，感觉提醒着我们的存在——

之外的时间内得以实现一样!

　　人类曾写下许多关于未来的宗教或是非宗教的书籍。它们都是令人欣喜的产品。在西塞罗预见一个科学、哲学和人文自由的未来的年代,在犹地亚①一个窝棚的木屑堆中,一个名叫约瑟的农民②诞生了。我们的未来并不比西塞罗嘲笑占卜师的时代所预见的未来更加清晰。

1900 年 5 月

---

① 犹地亚,古代巴勒斯坦南部地区,包括今以色列南部及约旦西南部。
② 约瑟,耶稣基督的父亲,主要生活在加利利的拿撒勒。

6

爱情的道德

I

　　某些医生以科学、道德、社会福祉的名义（因为这些思想存在于最令人悲哀的杂乱之处）一本正经地呼吁将婚外性行为视为一种轻罪。持这种观点的人中就有里宾（M. Ribbing）①和费雷（M. Féré），这两者的文章非常有鼓动性。在地下文学中，这些杰出的爱情博士们的作品甚至取代了忏悔神甫所写的已经过时的教材和那些尺寸为六开（*in sexto*）的有趣论著，它们曾经让天真无邪的少年们如醉如痴。他们甚至

---

　　① 参见《性保健学及其道德结果》（*L'Hygiène sexuelle et ses conséquences morales*），第 215 页。——原书注

将那些让比利时名声大噪并借以发家致富的淫秽书籍都赶出了书桌的抽屉，可见科学是多么有威望啊。然而这些所谓的性学家其实非常蹩脚，其蹩脚程度几乎和莫尔休斯①（Meursius）不相上下！这些书我几乎全都看过（噢！肉欲是多么悲伤！），就没看到一本书能教给我点新的东西，能教给我一点但凡一个有点经历而且对他人的生活稍加关注的人所没有意识到的东西。几年前，人们在法庭上控告摩尔（Moll）博士的风月之作，他的书描写了"性本能的倒错行为"，然而这种控告是荒谬的，因为有学问的人在这方面进行的最大胆的揭示早已出现在塔尔迪厄（Tardieu）的作品中；而且在塔尔迪厄之前，就已经出现在利果里（Liguori）的作品中；在利果里之前，就已经出现在马提亚尔②和关于普里阿普斯（Les Priapées）的作品中，如此类推下去，可以一直追溯到人类世界的起源之时。其实在上几个世纪里，严肃文学在这些方面的作品非常丰富，它们都会摆放在位于沙滩广场周围的书店里面的房间里，我们由此可以得知当时的人们熟知拉丁语，而且古时人们乐于满足各种好奇心；还可以知道当时鸡奸被视为一种重罪，然而与之相反的是，我们宽容的祖先似乎认为女子的同性恋行为

---

① 莫尔休斯（Johannes Meursius，1579—1639），荷兰古典学家和历史学家。

② 马提亚尔（Martial，40—?），古罗马文学家，以诗歌闻名。

不过是贞洁女孩们一种极为自然的消遣活动罢了。在 17 世纪，女同性恋行为得到承认，并且正式进入风流女雅士群体的生活。只有像巴拉丁（Palatine）那种外省式的粗俗人物才会在这个问题上嘲笑贞洁的曼特侬（Maintenon）。我们将其称作"单纯的交易"，相关的游戏我们则笑称为"不够完美的乐趣"①，而"小姐们的秘书"则会为这些打情骂俏的举动提供情书往来的样板。我们的文明在民主化进程中倾向于变得一本正经。世界被一些智者中的新贵所领导，他们在说教面前开始动摇，以前的贵族就是这样让仆从教育平民的。由此形成了一种性道德，民众被教导要严肃对待这种性道德，因为必须考虑到人类长久以来为保护自己的利益而早已明确的意见和问题。

拉罗什富科（La Rochefoucauld）说："节制就是热爱健康，以及不能暴饮暴食。"对贞洁的定义也基于同样的字眼，除了前一个词，人们用了一个没那么诚实的词代替了它。我们或许应该止步于此，并乐于对一句营养格言的相对细微的差异进行无限变化；如果人们能读懂这句名言的奥义的话，它简直能建立一套新的哲学理论。它仅适用于被动式的美德，对其

① 参见《关于两个同床女子，一人扮演男性并与另一人说话》（*Sur deux filles couchées ensemble，l'une faisant le garçon et parlant à sa compagne*）。这个片段出现在当时的许多文集之中。——原书注

他德行来说则完全背道而驰。因为存在一种生理学的强制性，我们唯有在这种强制性所驱使的生理器官很羸弱的情况下才有办法反抗它。这种羸弱是器官衰竭的信号，无法暴饮暴食则会发展成为不能进食。这是禁食，是禁欲。人们一般会认为贞洁的男人能够对自己的欲望施加长久的控制，教士的禁欲给女人们树立了不断牺牲的典范。女人们想错了：并不是她们太过重视她们所拥有的乐趣，而是她们将起因当作了结果，而且这一现象对她们来说不算特别。她们将一个合理的逻辑公式中的各个项弄反了。

男人心甘情愿进行禁欲，那是因为他为人冷漠。这就是事实。女人自愿进入修道院，她只是确认肉欲对她无用。他们的贞洁是一种生理状态，一般来说，并不比老人的性欲缺失包含更多美德的意味。无论有或没有欲望，除了病态的情况之外，欲望都将通过行为得以实现。这一点在性方面显得尤为迫切；排泄行为是不可避免的。尽管费雷不为任何宗教观念所动，此处他却像一个古板的神学家那样说："对于禁欲的个体来说，梦遗守卫了性冲动。"①这一观点正是卖弄美德或者被动式美德的对立面，生理上的美德就是因器官的羸弱而自然产生的结果，根本用不上这种"守卫"。人们只在符合天性

① 参见《性冲动：进化与荒淫》(*L'instinct sexuel；évolution et dissolution*)，第301页。——原书注

时才能行事得体。那些想根据个人实际情况之外的道德秩序而做或者不做什么事的人，在上帝的帮助下，终将以荒唐的妥协而告终。因此我们唯有自问，当人们用坐牢（或许是死刑，因为重罪用重罚）来惩罚婚外性行为时，那是否应该允许从女恶魔身上得到满足。这是一个神学家严肃对待的问题，而且他们中的某些人对我们在梦中得到的欢愉持宽容的态度。

科学本应该验证事实，探寻起因，但在立法的时代，它便无法行使职能了。自由的爱会导致明显的恶果，没有人能否认这一点，于是人们立法反对性爱；酒是有害的，于是人们立法反对酒精；鸦片、乙醚或者说大麻能对我们产生威胁，于是人们立法反对毒品。如果这样残忍甚至有几分粗暴，那么为什么不同样反对野味、野菜，或者葡萄酒呢？那么为什么不立法禁止野味、松露、勃艮第酒呢，既然它们对某些体质的人来说如此残忍？为什么不把公共卫生也像道德一样进行条分缕析？为什么我们完全不控制家庭宠物的数量？在这些哪怕并没有被性科学超越或推翻的康帕内拉的悖论中，我们发现了这一点：人们颇费心思地改善狗和马的品种，却忘记了他自身的血统问题，这是多么荒谬。圣托马斯·阿奎那（Saint Thomas d'Aquin）——社会学家们巧妙地重拾他的观点——认为，繁衍下一代就是为了存续种族，而保证种族繁衍的行为就应该避免任何任性轻率之举。但是神学家在教规中找到了约束他的逻辑的内容。尽管康帕内拉是修道士，而且是个优秀的修道士，却主张记录既反基督教又反人类的虚幻之梦的权利，于是他最终只能走到神学的尽头。他的爱情体系是可怕的，令人好奇的；比起科学的专制，它没那么生硬，也没那么荒谬：

　　人类可以开始传宗接代的年龄对女人来说是 19 岁，而男性则是 21 岁。对那些体质冷淡的人来说，这个年龄段还会推迟；然而，有些人也会在这个年龄之前会晤几个女人，但是他们还只能与不孕或者已经怀孕的女人有性行为。之所以允许他们这么做，是为了避免他们以违反自然的方式满足欲望。年长的情妇或者年长的情夫能够满足一些人的肉欲，对后者来说，如果他们的体质更热烈，就会将他们的欲望刺激得更加强烈。年轻人向这些导师们暗暗倾诉欲望，而后者能够通过成年人在社交游戏中表现出来的热情洞察这些年轻人的内心。然而，要是没有专门主管繁衍的法官的允许，年轻人什么都不能做。此外，这个法官还是一名自动受主管爱情的三大执政官之一领导的技艺娴熟的医生。在成人的社交活动中，男男女女们赤身裸体，就像拉栖第梦人①一样，而法

────────────

① 拉栖第梦人，古希腊斯巴达人的别称。

官则根据他们的外形，来判断谁更适合或更不适合进行性爱的结合，并且判断出哪些人的器官相互结合是最佳的。他们必须先沐浴，并且只有三个夜晚来进行繁衍行为。高挑美丽的女人们只会与高大匀称的男人结合，丰满的女人则与干瘦的男人结合，不够丰满的女子则留给肥胖的男人，以便让他们不同的体质相互成就，产下非常匀称的后代……在交合之前，男人与女人要各自分开住在单人房间里。一个见惯风月的老妇人会准时过来打开他们的房门。占星家和医生共同决定哪个时辰最吉利①。

占星家赋予这场本来色情的活动一种纯真的并不乏欢愉的特点。占星家其实违背了里宾规定的法条，但是人们毫不惊诧地看到了老妇人的在场，她曾经为那么多场偷偷摸摸的苟合牵线搭桥。现在让她来执掌合卺之烛，并且在医生的指挥下启动夫妇的交合之行，堪称是为她平反昭雪的行为。

我们还可以引用柏拉图《理想国》的第五章，康帕内拉也非常关注这一部分内容，但是对此有他独到的见解。但是说

---

① 参见《太阳之城》(*La Cité du Soleil*)，罗塞(J. Rosset)译，第181页，选自《康帕内拉作品选集》(*Oeuvres choisies de Campanella*，巴黎，1847年版)。——原书注

实话,在整个第五章中,柏拉图也不乏 17 世纪空想者的一派天真。由于缺乏严格的心理学知识,以及明智的科学观察,这种政治哲学有一种明显的幼稚感。当代被我们称为"先进"的政治思想,比如集体主义理念,由于其信仰和宗教来源的原因,也有这种幼稚感,仿佛人们可以通过改变人类的法律来改变人类的天性。人们温柔而又固执地在马的尾巴上套上笼头。柏拉图在《理想国》的第八章和第九章中表现得超凡脱俗,他纵观历史,希望可以从中提炼出哲学思想!此处他致力于研究真实的事实,不再研究他自己的逻辑或者莱库古①的理论创造出的事实。十分痴迷柏拉图的艾梅-马丁(Aimé-Martin)对乌托邦主义者柏拉图进行了最登峰造极的赞美,他说:"懂得柏拉图的人能够在普鲁塔克、费奈隆、卢梭、贝尔纳丹·德·圣皮埃尔(Bernardin de Saint-Pierre)等人的作品中随处都可以看到柏拉图的影子。这些伟大的人啊……"非也,这不过是乌托邦主义者聚集的角落而已;我们不如称他们为:这些伟大的孩子。

比起柏拉图和康帕内拉,现代的爱情立法者就幸福多了,他们开辟了一条道路,唉,他们有更多被追随的机会。他们如此机智地对民主制的专制手段阿谀奉承!如果权力掌握在弱

---

① 莱库古(Lycurgue),传说中公元前 8 世纪斯巴达的国王,著名的立法者。

者手中,那么法律就会倾向于保护弱小,这是很自然的事。人们对自己行事的无能有一定的认知,而且他们很有可能愉快地同时接受两种法律,一个是防止人们喝醉的法律,一个是保护他们不被梅毒感染的法律。现代有将人类自由一分为二的趋向。当人们消灭了所有应该消灭的事物之后,那么剩余的事物就应该遵循严格的法规约束。那么约束爱情的法典应该以什么为依据呢?费雷先生这位自愿研究哲学而且也不乏天赋的人回答道:"应该以私有或公共的有用性为依据,以它在现在的领域,也就是现行的道德领域观的有用性为依据。"这是一项原则,而且它已经开始流传。但是我们也大可不必认为这是场悲剧,因为为了摧毁这一原则,个人主义的理论已经提供了足够多广为人知而且常常被使用操纵的很多论据。它并不是时至今日才出现的。歌德就曾对它非常不屑;当奥古斯特·孔德将其作为他的社会系统的基础时,仁人志士就立刻能看出,这套体系就是用一些人创造一个幸福的人类,而毁掉这些人的个人幸福。这个观点批评得很好,因为它直指思想要害本身。我们可以对此进行详述。

II

　　人是一种群居的动物,它具有一套中央神经系统,一套意识和行为中枢，或者说至少有一套虚幻的行为中枢。而社会则是不具中央神经系统的动物群体。从人的意识说到人类的意识，这就是隐喻。分散的意识总是经由模仿向单独的个体的意识聚集，但是集合的规律远远称不上绝对，即使那些沉默或尚未找准自己组织的分歧更加强大，或者数量更多，它们还是会被表面上似乎整齐划一的赞同而打败。人总是会被自己创造的隐喻所欺骗。人们先是试探地做一个比喻，然后再把它稍微向前推进一点，事物就会变得面目全非。巴黎是法国的大脑，人们接受了这个形象，它没有一点违和之处，继而我们就会想到动脉、神经、肌肉、骨骼，法国就变成了一个生动、真实的人类。然而我们上当了：由于所有的论证都符合我们的逻辑，都能应用在人类身体上，我们就会傻乎乎地将其照搬套用在一个虚拟的存在上，而这个虚拟的存在作为心理学分析的材料，严格来说与人和东西都没有可比性。人就是人，国家就是国家。如果人们不能在见识过几个形象之后形成这样的认识，就不过是在低劣的文学中进行可笑的漫游罢了①。

---

① 将社会机构比喻为人体的说法也是柏拉图提出的。他在《理想国》第五章中用这句话总结了他的观点："何谓社会的最大福祉，我们已经形成共识，基于此，我们将治理有方的共和国与人体进行比较，对人体来说，所有的肢体都能感受到其中一个肢体的快乐与痛苦。"——原书注

然而,如果人们推敲国家、民族、社会、人民等等这些模糊程度不等的词语,总是能够发现人是它们的关键因素。这一人的因素如此重要,而社会学家们却轻视它的存在。他们对自己费力创造出来的高康大非常满意,将所有人都圈禁在他的宽袖长外套的口袋里,然后魔鬼将他们一个接一个地吞掉,就好像庞大固埃的父亲吞掉一头头牛、一只只羊和一个个修士一样。这正是古斯塔夫·多雷(Gustave Doré)所描绘的场景。人什么都不是,这是事实。人又是一切,因为人是整个世界存在的基本条件。世界是人创造的,更是为了人才被创造的;而社会群体中的人不过是一粒原子,一旦群体压迫个体,群体就变得可憎,而且可能失去凝聚力。人们认为下面这条法则是对的:一切对一只蜜蜂有益的事物对整个蜂群也都有益。如果不想被视作简单的玩弄字眼的人,人们就不会尝试去反其道而行之。感知存在于人,而非存在于社会。这只与“我”有关,即使我不愿意与社会群体分离,它也仅仅与我一个人有关。一个团体真正的黏合剂是自私,当一个人变得强大时,他正是出于自私,才得以保障共和国的健康与强大。

　　牺牲是基督教所炮制的最邪恶的概念之一。牺牲的行动表达了如下的内涵:否定已知的福祉,以成全未知的利益。人们知道自己要牺牲的东西,以及自己要放弃的快乐,我们忽略了牺牲对他人真正的影响,而且我们让亲人为此承受的恶果常常比我们想象的要严重得多。

在爱情方面,为了她们终身的幸福,女人就应该得到霸道之爱,但是有多少女性在苦苦忍受爱人过于高贵的克制啊!有多少孩子,尤其是那些用牺牲的奶瓶喂养大的基督教女孩!他们的生活多么可怕,好像终其一生都得拖拽着一根拴在身上的犹太福音诗铸就的铁链!一个社会,如果没有牺牲的精神和行动就无法存在,我不知道它是不是很糟糕,但它一定很荒谬。力量只能有力量本身应有的权利,当它向人们散布那些如同枯叶下掩藏的陷阱一般的美德的格言时,它就已经越界了。如果牺牲不是出于爱的自发行为,如果它是一种教义或规则强制要求的行为,它就是人类对自己犯下的最邪恶的罪行。无论这种牺牲是一个人为另一个人做出的,还是一个人为一个集体做出的,都不会改变牺牲的特点,而只会让它更加严重。为了保证我们爱的人得到快乐或轻松而放弃自己的快乐,这更是一种快乐。它之所以是快乐,是因为这是完全自私的行为,因为取悦另一个自我也就是取悦自己。这就是自然的规律和感知的逻辑。然而如果这种放弃是为了一个陌生人,或者更有甚者,是为了有利于一个抽象概念,有利于字典里的一个词,那么这种放弃的价值何在? 究竟有什么具体的价值呢? 它不过是一种奴役行为罢了。自愿的奴隶是最糟糕的：牺牲总是自愿的，因为它至少意味着牺牲者自己同意如此。因此，当人们要求有人牺牲自己的个人幸福来成就社会的繁荣时，人们就是在要求他们成为奴隶，就是让他们将自己的感知管理、动作的操纵、行动的支配重新交由规则来管理。我们以优生优育为借口，将马群分为上等种马、母种马和被淘汰的中等马，而这种用处与保护物种没有任何关系。

　　管理爱情的医学法官的权利能够扩展得非常大，因为在社会效益论的启发下有哪些奇思怪想是立法者们想不到的呢？叔本华建议将阉割作为对罪犯的惩罚。没有比这更科学的了。医生们应用了阉割制度，不仅仅是针对罪犯，而且也对所有先天的低能儿：这是一种极端的手段，能在数代人的时间里消灭所有遗传性的缺陷。这些人就是社会草原上的牛群：当它们长肥的时候，人们会怎么处理它们呢？然而这个问题尚未有人提出。这种行为不过是"以社会效益和现实道德的名义"，将爱情压缩为夫妻性行为，使得摩西律法的统治地位最终得以确立，而人们尚未全部理解摩西律法的柔和之处。乌托邦主义者早已进行过这种颇具创意的努力，而且已经停止了这样的努力并开始怀疑；不是怀疑自己，而是怀疑这种理想实现的可能性。这种弱点让我们无法对风俗习惯和人性的现状进行犀利的思考。我们之后将会对这一点加以补充。乌托邦主义者大名鼎鼎，我们可以对关于它的回忆详加分析。

活着有两种方式:活在感觉中和活在抽象中。而乌托邦主义者尽管也是有科学知识的人,尽管也是出色的细节捕捉者,但是自从想普及他的思想开始,就弃绝了所有与现实的联系。比如说,在他看到现代社会中猖獗的卖淫现象时,就会立马总结道:卖淫是一种社会现实,与某些社会形式相关。你们建设一个社会,让所有女孩都在 18 岁结婚,那么就不会有妓女了。这种推理也不失其雅致之处。然而,当我们暗示说卖淫首先是一种人类行为,然后才是一种社会行为,那么通过类比推理,我们有可能能够证明,所有社会,无论是什么样的社会,即便是按最严谨的想象而构建的社会,都存在妓女,而且其数量大致相同。卖淫现象将会随社会的形态的改变而改变其自身的社会形式。没有任何法律禁止一个健谈的女人开口说话,禁止一个贪淫的女人找情人。人们或许会提出异议,说妓女不会为了得到欢愉而做爱。确实不会,当她们在卖淫的过程中,或是其形式对她们而言乐趣寥寥的时候确实如此。然而在她们从业之初,妓女几乎都是其性情的受害者,是其邪恶的好奇心的受害者,也是其贪慕男性的思想的受害者。乌托邦主义者是用什么魔力改变了一个紧张的社会系统中的行为秩序的呢? 至少(我认为)他们并没有幼稚地玩弄文字,而是真的认为——这也是费雷的观点——卖淫行为的成因并不是薪水,而是性乱。所有夫妇践行的婚姻,怎么可能只需用圣礼赋予其神秘意义，就能停止这种混乱呢？婚姻，即使是世俗婚姻，对性病来说，能够有圣休伯特的襟带般的效果吗？或许乌托邦主义者们相信乌托邦里的婚姻能够得到尊重？这完全取决于相关法律的严酷性。但是德国人曾对犯下通奸罪的人处以死刑，并且曾经真的付诸实践。有时候，人们尽管内心怯弱，却依然更愿意选择死亡，而不是承受忧伤：在爱情判官的天堂中，很多人因此选择自杀。

III

何谓爱的道德？

法规与社会惯例之外没有爱的道德，其中的法规为了谨慎起见，只能是缩减式的表达。然而在所有的文明国家中，有关性行为的社会惯例都与绝对自由混为一谈。而"文明国家"的说法可能是假设性的：如果这一表述现在并没有实际应用，因为我们生活在与出于我们人种本能的道德观背道而驰的一种道德的枷锁之下，为了便于理解什么是文明国家，人们就要参照罗马帝国的辉煌时期，追溯被基督教煽动家们歪曲的时代，或是回顾 15 世纪文艺复兴时期的意大利，弗朗索瓦一世时期的法国。爱情即便在它涉及公共行动的部分也依然属于私人领域。它拥有所有的权利，正是因为这是人的本能，而且是一种优秀的本能①。即使科学界的道德主义者们在宣扬他们的理论时也含糊地默认这一点。在"性本能"的名义下附上对生命的威胁，对永恒的生命为了自我延续而主动选择的方式的威胁都是徒劳无功的！胆敢对本能说它弄错了，这是理性的要求之一，但合理性极低。理性在此只是一个旁观者，它计算这些态度并对它们进行分类，然而理性的本质却使其无法理解这些态度。人们，或者说19（或20世纪）的人们对日蚀和月蚀感到万分惊异，并对这一"胜利"鼓掌喝彩②，他们并非不相信科学对解释事物规律的意义。反对生命本能的法令给相信科学的人们制造一种假象，但却无法迷惑真正的旁观者，他们的智慧让他们不想在本已艰难的处境下再做出头鸟而已。

然而人们也可能会有偏差行为。如果把不同性别的人分开，并且在他们初次性骚动的时期将他们关在封闭的空间里，那么必然会出现男同性恋和女同性恋现象。罗马人已经在维斯塔修道院和加勒学院里培育了这种倾向，我们后来又用我们的营房、寄宿学校特别完善了他们的组织发展。毫无疑问，

---

① 大家都知道波德莱尔反对那些"将爱情与忠诚混为一谈"的人，这些诗句其实是对 la Tullia de Meursius（*Colloquium VII*，*Fescennini*）的大胆言论的改编：«Honestatem qui quaerit in voluptate，tenebras et quaerat in luce. Libidini nihil inhonestum...»——原书注

② 西班牙的一些报道也证实了这一点。——原书注

那些选择与某个同性共度一生的人用这种行为表达了一些特别的偏好,这些偏好应该得到尊重,那么国家的角色是否就是支持甚至鼓励这种偏好呢?而且那些道德主义者的做法又是否明智呢?他们丝毫不考虑这些人的欲望会导致的后果,只是一味要求对他们的行为进行纠正,这种纠正显然一定会导致出现同样的结果。

所有对爱情自由的损害都是对罪恶的保护。当人们阻拦河流时,河流就会决堤;当人们压抑激情时,激情就会脱轨而出。布丰曾经有过一只鼬鼠,由于它失去了活生生的伴侣,就去骚扰一只雌性鼬鼠的标本。对这个主题我们不再细究,是因为害怕我们不得不证明,那些在社会风俗方面表现出严厉的道德感的社会阶层恰恰正是那些或者被邪恶所戕害,或者正如更为常见的情形那样,被神学家们柔和地称为的"软化"所害。更适宜去做的是去探究现代道德主义对待爱情的残忍从何而来,而且首先要去探究这种思想状态的起源是为何而来,因为这种残忍并不是大众情感的反映。

对于教堂的神父们来说,在贞洁与放荡之间没有中间地带;而婚姻只是仁慈的上帝赋予卑劣人类的一种"爱情解药"(*remedium amoris*)。圣保罗在谈论爱情时流露出实实在在的鄙视,就像斯宾诺莎一样。这两位著名的犹太人有着相同的灵魂。斯宾诺莎认为:"爱情是外界给予的小骚痒所带来的感受。"（Amor est titillatio quaedam concomitante idea causae externae）而圣保罗早已指出，这种瘙痒的解药就是婚姻。他认为婚姻仅仅是治疗放荡的解药，也是针对卖淫行为，也即 *δια δε ταδ πορνεια* 的解药，而拉丁语福音书中所说的 fornicatio（卖淫）只是用含糊的方式解释了这个词。相反，*πορνεια* 引申出了卖淫的意思。总体来说，他这一富有建设意义的建议翻译成通俗的法语就是：你们结婚吧，这比去约女孩要好。异教式的天主教所拥有的丰富词汇也无法用充满情欲的言辞婉转地表达犹太使徒粗鲁的言论，那么新的家庭又应该建立在什么样的语言之上呢？教会用私密的音乐《雅歌》①取代了 *πορνεια* 的概念。然而神秘道德主义者们却争相评论圣保罗，他们成功地夸大了圣保罗对生命之作的鄙视。用骆驼毛织帐篷的人尚未准备好接触文学或者履行圣职，因而他们总是不够精确。他们使用一些比喻来污蔑性行为的精巧细致，无人不对这种类比感到震惊。他们称性行为是更加动物性的（more bestiarum）行为，然而动物的本性不就是只为快速满足无意识的欲望而交配吗？本能的倒错行为在自由状态下的动物中极为罕见，人们直到现在才真的观察到这种现象②。那

---

① 《雅歌》，《圣经·旧约》中的一卷。"雅歌"是犹太教和基督教中用来歌颂上帝恩宠的一种颂歌。

② 在费雷的作品中，有讲述这一主题的有趣的一章。——原书注

位圣徒的话不过是那些粗浅的老生常谈中的一类罢了,这些老生常谈甚至丝毫没有包含人们早已观察到的现实真相。然而有些人却假装相信在快感中创造人类是卑劣的,而且这种暗示被他们重复了多少次啊!圣保罗表达得非常直率,那些评论者的傲慢语气再度加剧了这种直率,于是就造成了至少这种令人开心的结果:他们谴责了整个性行为,而不是其细枝末节。神秘主义者的规则就是要么全部要么一点没有,他们鄙视后来神学家自得其乐地在那些稀奇古怪的论著中进行的各种分类,在这些论著中,神学家们毫无品味可言,只是体现了一种质量较高的科学,它还是以现实的信息为源头的,尽管并没有一直如此。这种轻蔑给他们带来了一定程度的风俗上的自由。很多娱乐消遣行为对当时那个时代的人来说是可以接受的,中世纪的文学就见证了这种社会关系的自在感。从12世纪开始,宗教就已经不再仅仅是一种对社会倾向没有影响的形式上的传统了。人们的智慧本身也摆脱了神学的束缚,如果人们更加用心地去找一找当时的人关于不信教的吐槽,就会明白这一点。而这类吐槽无论是在诗人中还是在经院哲学家中都并不罕见。爱情不为任何偏见所羁绊,它只是跟随着欲望的脚步,在性关系中的清白无辜中吐露心声。

至此我们遇到了从未讨论过而且也非常棘手的一点:梅毒对爱情道德的影响。

从神话时期到 16 世纪初年,欧洲的人文情况一直符合人们用寓意的手法所称的世界的纯洁状态。罪恶的时代始自克里斯多夫·哥伦布。当时的人们为自己构想了这样一个社会,爱情本来就以偶然而成为条件,它永远不会造成严重的恶果,哪怕最湿的湿吻也几乎不会比母亲的抚摸或者友情的表达造成更大的身体上的危险。那个时期的湿吻与我们这个时代的湿吻截然不同,其差别之大我们都难以想象,因为那时人们的肉欲完全处于自由发展的状态,没有恐惧之心,也毫无耻感。"pudor"这个词在拉丁语中的意思与它在我们现代语言中的意思完全不同。在拉丁语中,它的意思是荣誉、得体、尊严,而在当今语言中,它的意思却是在面对可能有毒的娇艳花朵时,人们因害怕而颤抖不已。在梅毒出现之前,亲吻嘴唇是一种问候。由于唾液的缺陷问题,这种问候礼后来消失了:当女人没有被情欲困扰时,她们通常会露出额头供男士亲吻。后来,两性之间的距离再度拉大一步,变成了点头,或者轻拂玉手,抑或矜持地碰一下手套。梅毒毁灭的并不是爱情——其实爱情比死亡更强大,因为爱情就是生命本身——,而是以性交友之谊。从美洲开始,男女之间弥漫着对地狱的恐惧之情。最具威胁性的宗教也只是暂时做到了的事情,却被病毒实现了:男人女人的嘴唇终于被分开了。

后来,正是借助梅毒,那些想要研究爱的道德史的历史学

206

家们才把它与卫生联系起来。这显然在道德风俗方面引发了巨大的慌乱：

Obstupuit gens Europae ritusque sacrorum
Contagemque alio non usquam tempore visam，

欧洲国家对这些仪式和礼仪感到惊讶
他们以前从未见过，

吉罗拉莫·弗拉卡斯托罗（Girolamo Fracastor）这样说道。作为医生兼诗人，他亲眼目睹了这种新的恶疾一开始造成的惨状。国家感到惊讶（Obstupuit gens），它是一种普遍性的恐惧，人们一度以为爱情的尽头、世界的尽头来临了。

应该出于保持健康，而不是保持道德的目的放弃科学道德主义者们所说的淫乱行为——当然他们的称呼很正确。人们害怕立竿见影地出现明显的身体病症，这一点导致了两性之间的分离，而且这种分离在梅毒肆虐时期过后依然坚持了下来。新教的反应措施终结了梅毒的成果，而且欧洲社会也处在崭新的形势下，以至于他们必须要有一种新的道德才行。存在于贞洁和放荡之间的传统对立是以纯粹的神学概念为基础的，此时它已经消失。所有性行为都变得危险，甚至就连贞洁也不一定就不危险,因为它存在负面的影响,因此必须找到一种妥协之道。关于协议的社会本能,同时也是关于进步的社会本能,在得到卫生学家在未来得出的结论的支持下——承认这一点是非常正确的——,将这种妥协安放在婚姻中。于是婚姻制度在历经三个世纪的嘲笑之后,突然变得高尚起来。然而即便如此,也依然不能平息伤风败俗行为的泛滥。然而人们为此所冒的风险让以此制造诱惑的自由的名声不再清白。女孩的保守变得极端起来。她们不知不觉学会了将娇羞的媚态变成对恐惧的模仿。渐渐地,她们在恪守美德的原因问题上自欺欺人,后来她们自己就完全忘记了美德的原因。于是,一个时代到来了:女性的贞洁被精心地分配给了宗教的影响,分配给一种神秘的神力,或者被赋予了一种不知所云的所谓情感的细腻高雅。

我们依然对新的性道德的原动力一无所知。官方传统上一直鼓励蜡像博物馆精细地展现淫乱的后果,关于这一主题的文学作品也一直有市场,其拥趸中不乏那些从中贪婪地寻觅色情图片的人。梅毒使这一奇迹成为一个人类的形象,她有着美丽的酮体,但却被判有罪,因为她激发了爱,而爱被认为是危险的。

如果人们在这个问题上不引入法律的强制力,如果仅凭言辞就可以单枪匹马地说服一种道德观,而且这种道德观的用处足以反驳挖苦和讽刺,那么这种观看方式就应该是值得辩护的。如果造成人们不信任性爱的恶疾永远不会因为自身疲惫而偃旗息鼓,那么梅毒出现之前古老的放纵习惯在今后很长的世纪之内都不会向人类投降。然而每个人都是自由的,即便是玩火;克制是需要自生,而不应该强加于人。

　　爱的道德一半来自宗教,一半来自医学,但这并不意味着人们为了探讨它,就要强迫自己接受神学或医学的观点。尽管有些意外特别重要,但它们仍然只是意外。在谈论爱的时候,人们应该像爱情的黄金时期依然占据统治地位的时候那样去谈论,并且只保留其精华,绝不应该停留在表面或瞬间的现象上。人类社会中绝对的情况极少,几乎一切都可以改变,但恰恰除了两性关系以外。因为在爱情中,人们遇到了甚至终其一生爱慕的心灵,其缘起缘灭就像不可解读的数字一样交叉纠结在一起。生命依靠行动维持,而行动又是生命的目的。对于理性来说,这很荒谬,它必然会去审视效果和产生效果的同样强大的起因。理性不能插手干预。并不是因为事情超出了理性的能力,而是因为如果理性能够想象出支配爱情的各种表现的法律,并将其应用一段时间的话,那么这样的法律就远远不如自然的法则那么好。我们还应该注意到,一旦人类像个孩子一样遵守自然的法则,那么人类对自然的法则就没有责任可言。但是那些人类颁布的法律的责任总有一天会落到他身上，不仅仅落在他的血肉之躯上，也会落在他的智慧上。因为一切都在进行，智慧方面的从容自如必然与感官的自由联系在一起。不能全部感受到的人就不能全都理解，不能全都理解就是什么都不理解。文学、艺术、哲学甚至科学和所有需要运用智商的人类成就都依赖于感觉。莱库古的奇思妙想断送了斯巴达的智慧，斯巴达的男人像赛马一样漂亮，女人们赤身裸体招摇过市，身上披着的唯有她们的愚蠢。满是交际花、追求爱的自由的雅典却给现代世界带来它对智慧的信仰。

1900 年 7 月

7

讽刺与悖论

给年轻作家的亲切建议

……那些走捷径的人是造福公众和每个有可能由此经过的个体的好人。

乔纳森·斯威夫特,《给年轻诗人的信》(1720)

我上一封信中的坏情绪有些粗鲁——我承认——并没有让您气馁;这次,您向我提出恳求。那些点头赞许和摇头否定绝非是嫌弃您的作品,而是会让它们更生动、更准确。您觉得需要我,于是承受了来自我的一切。您的描绘文思泉涌,即使遭受一些打击也不会让您害怕。您看起来已经做好准备去喜欢一张在羞辱之中间或流淌出如香甜的蜂蜜般富有成效的建议。——我还要承认，您这种精神状态让我感动，并为之着迷。我就像在高山之巅找到了一处沃土。我动手铲土，并准备播种。敞开心扉吧，年轻的土壤，请接受种子，并长出丰硕的果实。

I

您业已为法国作家这项高贵的职业做了一些准备性研究，您可能也没有忽略一个现象，那就是您即将进入的这个世界被一些必须生活在其中、以这个世界为自己点缀的人所蔑视。您肯定已经听说过，这个世界差不多只是一个流氓的教堂，里面既有卖淫的青楼，又有猪圈，还有巧言令色的房间。这种观点太过夸张，您肯定立刻就察觉到了。只要准备好一件很好的外套、一双结实的靴子、一双防水手套、一顶"无所畏惧"的帽子，就不会遇到风雨，也没有凌辱，没有冰雹，没有谎言，没有大雪，也没有阳台上掉落的形似灰黄舌苔的东西，人们就能够宽容地生活在那里。其实有些逆旅比待在这里更加危险。对一个聪明、实干的人来说，没有哪里比此处更值得推荐，而且在这里倒腾一点劣质货可能是最快、最有利可图的事情。

II

对于劣质货，其实我没有什么特别要说的。为了得到它们，不会像做生意那样还得需要金钱，也不像在古代文学界那样需要专门研究和天赋。时至今日，您只需要机敏，除了机敏，还是机敏。您可以想象一棵结满了漂亮的绿核桃的核桃树，农夫或许正在离它比较远的地方忙着给甜菜除草，或者给麦子脱粒。您只需要有一根竹竿或短棍，甚至是一颗石子，就能让绿核桃如雨点般纷纷落在您脚边。随后，您可以不用弄脏手指就剥开它们。有人宣称很难做到这一点："总会留下点什么东西吧。"是的，这的确很难做到，但是假如您的手指弄脏了，您只要戴上手套就没事了。此外，出于另一个理由，我已经向您推荐过要使用手套。

在接下去的段落中，您将零零散散地看到另一些有关劣质货的见解——总体而言，劣质货包括所有您能从富人、穷人、树木、黑莓中巧妙地剽窃来的东西——，因为我无法假定您天然拥有的东西中除了实干、狡黠的智慧之外还会有别的东西。总而言之，您就不该向我讨要建议，您根本就不需要。

III

　人们说，死时必须富贵。这条格言最适合富有的商人。我的朋友，假设您进入了高等工业领域，并需要为您即将开张的公司选择一条更加高档、更加体面的格言，我会向您推荐这一条，它分成两个部分，而且囊括现在和未来："生时富贵，死时富态。"这一格言除了清晰、符合人性、现代的两方面意义之外，其实还包含第三方面的意义，虽然深奥但却绝佳。在此我稍加补充，以便引您上路：富为贵之始。或许您无法达到贵的程度，尽管在我们的同时代人中，有几位堪称楷模，着实让我们心生向往；他们当初和您一样都是新手，天赋没有比您更多，而且其初衷还没有您好——但是只要遵守一份明智的食谱，您就可以接触脂肪：在这个那么多正直的穷人纷纷饿死的时代，吃点肥肉不至于遭人鄙视。

　至于您所需要的、通过倒腾您的劣质货得来的快钱，我建议您不要用来炒股或放高利贷，这些事情风险很高，并且如果想要有收益，还需要具备十七岁的人——尽管您很早熟——所无法拥有的经验。这就是我建议您需要深入思考的原则，我的朋友；无论做任何事情，只要其结局——尽管也有其好处——包含有威胁到健康、自由和名誉的严重风险，就应该将其看作是不道德的，并将其排除在可能性之外。请牢牢铭记这句话，它能让您避免很多烦恼，使您免于一败涂地，很多像您这样的人都不幸遭遇到了这样的失败。

但是您并不痛苦；您和您的年轻同伴们一样富有。孩子，您和所有人一样，父母在性无能和不能生育之前结了婚，您则自青少年时期开始就从父母那里继承了财产，而且您的监护人也刚刚告知您。显而易见，除了这些幸福的环境之外，你压根就没想过要进入文学界。作家为了糊口而奔忙，他们可笑的状态根本无法吸引到出身优越的人。甚至我差不多认为，从前那些穷诗人（历史上确有其人的或者传说中的）纯粹是因为智力缺陷才更喜欢箱子中的荣耀和缪斯惨淡的光顾，而不是生活中的稳固的安排。在这一观点中，我能肯定的是，我认识的那些五六年前开始写作的所有年轻人，根据他们自己的说法，他们选择文学就像人们选择一桩愉快的、有利可图的生意一样，和使命感没有丝毫关系。如果他们一无所有，就会避免出现需要资金才能进行有利可图的操作的状态。我说的不是那些巴那斯山独居者或者自由流浪者，在这个变幻的世界里，您不太可能与他们相遇。我说的是整个文学，是不适宜谈论的**另一种文学**。

IV

　　您应该阅读什么呢？应该阅读严肃且多样的作品。您可以看所有成功的书，主要是现代作品，因为从前书的价值和它的成功经常混为一谈。时至今日，价值一词不再有任何确切的内涵：它在书商和评论家的口中，有时依然还是成功的近义词，然而每当人们花费了巨额的印刷费用，来证明自己在思想和欣赏方面的大胆之举的正确性时，这个词就会被说成"成功"。所以要先看书目清单，并在所有评价良好的作品上做好标记。在四十分之一的上千页的（成千上万本？）书中，小说只有平庸的文学价值——与统计数据中的比例非常吻合——；如果作品是十五页，人们可以阅读一卷诗；如果是十页，可以是一本形而上学的论著；一本不超过二十五页的文学小册子几乎不值得一翻。它其中当然包含着数千次的突然和眩晕，是一时的风潮，是"精彩"的书籍，意味着囤货、狂热、排队，因为我相信不适合向您推荐这种清廉和缓慢的财富，尽管半个世纪都不会枯竭。请阅读，但要快速地阅读，以便大量阅读，并且快速丰富你的记忆。在看完几卷之后，您就会发现共同点，所有我们这个时代的成功书籍的共同点。在所得的成果有保证之后，请合上书卷，投入工作，您已经得到了钻石，现在只需要按照最新的款式来镶嵌它。这个共同点，我并没有主动去寻找，即使我偶然发现了，也会保持沉默。您应该自己去进行这种追寻，它不但能使您获得通关密码，还能让您得到方法。

V

您对修辞的怀疑会给您带来最大的荣耀。不，的确不应该进行所谓的"写作"。有天赋的年轻人关起门来，为了追求幼稚无用的修辞，白白浪费了最美好的文学未来。或许，写作的艺术如今已经广为流传（其实也没有我们想象的那么广），然而，不写作的艺术却传播得更广，尽管还没有理清它的原则。现在只是趋势，然而明天就会成为所有风雅之士追求的法则。用下列题目可以写一篇优美的论著了："论风格或不写作的艺术！"下面就是第一条规则："切忌使用任何俗语中不是日常用法的形象化的比喻！"其他的规则都来自第一条，如果认真遵守，这一条规则就足以保护一个有见识的、讨人喜欢的人免受所谓"写作"的危害。

然而，如果人们想拥有坚不可摧的声誉和整体评价，那么就需要一下子达到"不写作"的境界。最初写的几本书，哪怕其中的几页，一旦被一个文坛敌手挖掘出来，都可能会在您辛辛苦苦耕耘并成功了二十年之后,将您的名望毁于一旦。我就曾见过一本没有任何风格可言的小说,它的销量被一篇文章硬生生地斩断了。在文章中,一个记者断言道:"……此书描写优美,'写作'新颖、大胆。"此言差矣,然而这位小说家在他年轻时出版的第一本书的确当得起这样的溢美之词。因此,您最先出版的书说白了就应该是一本没有风格的书;在它清新的字里行间,人们能够像在一片大草原上那样轻易地采撷到所有常见的花;您书中所有的描写都要有似曾相识之感,让大众心满意足,觉得自己已经看过所有的书,认为人们再也创造不出新的东西来了。一本小说中的一切,直到人物的名字、墙纸的细微差别、扶手椅的形状,还有对话、风景、姿势、微笑、头发、偶然事件、爱情场景、百叶窗、鞋子、裙子、思绪,所有的一切都应该让人有找回了一条走失的狗或者迷失的情人的感觉。我们能够拿这样的小说怎样呢? 许多著名作家都在吹嘘这样的一部杰作;我承认他们的作品确实接近于杰作,但是还不至于能让我毫无保留地欣赏他们的程度。他们没能避免庸俗。因为您可以理解,我排斥的是风格,但却对与众不同要求甚高。而且我的要求还要更进一步,希望这本书未经"写作"而成,没有思想,但一定要卓尔不群,拥有一种"文学的气节",正是后者才能诱惑那些最挑剔、最敏锐的人。

VI

　　我禁止您的一些想法,显然因为我认为只有新颖和足够推陈出新的想法才能显得新。那些想法,我已经用劣质货的说法向您做了介绍。您没有这样的想法。您急需时间思考,而且思想会自发地产生自飘浮在空中的萌芽,它们在喜欢的地方落地生根,成长壮大,天真地开花,为自己曾经盛放过而感到幸福。因此,不要浪费了宝贵时间,您需要这些时间去询问空洞的大脑,扬起无用的沙石,风儿只会吹起沙子中干枯、死亡的种子。但是您也需要有思想,那么请勇敢一些,飞翔吧!那些您曾经仔细阅读过,对您最有帮助的作家们,他们会成为距您最近的先驱。他们几乎刚刚到达攀登的中途,手里拿十字镐和斧子,全神贯注,他们很可能没有时间也顾不上考虑保护自己。只有山顶传来的声音才能更好地被人听到。如果此时他们大声叫喊,喊声只会消失在荆棘丛中。因此您得以安心地从容行事。

　　选择最近的前人的另一个动因就是,他们之前略为人知的思想将会更好地被公众接受,不会因为想象过于新颖、过于新鲜而遭到辱骂。这种思想一旦成功,就能一天天地流传开来。这是一项已经完成过半的工作,您要厚着脸皮好好利用,因为它总要完成的,而且第一个率先完成的人就可以登堂入室先入席了,而彼时其他人还在夜晚的凄风苦雨中苦苦挣扎。同时我甚至还建议您,当您进了酒店,一定要给大门上两道锁;如果有人敲门、叫人,您应该猜得到,他们很有可能正是您在路上遇到过的小偷们;如果那些人坚持敲门,您要毫不犹豫地武装好整个屋子,并朝窗户外面开枪。

如此一来,您一下子就来到了这个地方,而比您更好的人却只能迟到,甚至永远也到不了,于是您就具有了戏剧般的重要性。您貌似要老老实实地总结那些您敏捷果断地窃取的各种天赋,而酒店的老住户们会像庆祝奇迹一般为您祝贺。或许不是所有人都能被骗过去,但是只要这里的人上当就可以了,他们在头痛的日子里,就会需要一些简单的、民众能够理解的文章主题。一定要谨记这一点:在您人生中,可能至少有两三次会需要一个文章主题:最不可能让您失手的主题,这可是一种产出极佳的荣耀。

VII

然而还是要预想到,腿弯处对无力的担忧让您在攀登高山前的山脚下停下来:那么就选择一个能够理解您所发出的信号的导师,他来帮助您,拉着您的手,让您能够毫不费力地爬上陡峭的斜坡。这是最安全的方法，也是我给您的建议，因为我知道您总是更喜欢细腻而非力量，计谋而非暴力。

最粗野、最忧郁的老导师容易上当受骗，人们在更年轻的时候不可能这么轻易地被骗。由于他们有很多敌人（人只要活着就会遭人记恨），他们接受来自任何人的同情，哪怕是带点高傲的同情，而且他们总是对此心怀感激，因为在他们这个年纪，他们已经什么都不怕了，并且一种好的感觉可以毫无风险地为他们带来荣耀。您就从那些已经在尘土和唾沫中打滚的老家伙中挑一个，大胆地保护他。您将对他的赞美之词写在那些小杂志里，杂志的每一页都在赞美您尚为谦卑的文章，而且要毫不犹豫地"为这位伟大的作家恢复他应有的地位，也就是第一的地位，他是一代人仇恨的受害者"。如果您把他选为最受误解、最被贬低的人之一，那么您这一份小小的工作的结果将会非常幸运，收益颇丰。从青春年少之时开始，您就已经分享了荣耀，或许这份荣耀含糊可疑，但却是有利可图的，而且如果我们信赖大众观点的话，这份荣耀总体而言也是光荣的。然而，由于这是勾兑的关系，其中的利益一旦实现，时间一长就可能会变得危险，因为这个老文人随时可能会被民众，也即您的女主人的判断强烈地贬低，可能是由于悲伤的风俗所致，也可能是由于过于不体面的卑鄙行径，甚至还可能是因为他所表现出来的对您愚蠢的善意。当有一天您的利益要求必须要这么做的时候，您一定要准备好随时与之割席。那时候您可以说起自己"已然心死"，但一定要语气激烈，而且您还要对这个老伪君子极尽侮辱之能事，以便彻底洗清掉您和他之间众所周知的密切关系。总之做一切应该做的，但也不可过分。这样您就在一系列操作中保全了一个既恭敬又悲伤的年轻朋友的自尊。而且您也既能表现出您判断的独立性，也能展现您的善良心地。

VIII

将最卑鄙的诽谤和可耻的八卦丑闻安在您所有的友人、同行和所有的文人墨客身上。想尽办法在他们的作品、家庭、健康方面伤害他们，捕风捉影地说他们抄袭、服过苦役、得过梅毒。这样一来，您就会被认为是一个消息灵通、机智、只是有些略微口不择言的人，而您的同伴就会被记者们穷追不舍——这一点总是好事，因为名望如同雷声，都是由一些小的回声构成的，而这些之间又在不断弹跳，不断反弹，从而引发更多的回声。

然而，下面才是让这条普通的建议具有真正价值的原因：对那些您曾经用花言巧语巧妙地抹黑过的人，您要么和他们直接对话，要么给他们写信，但是要改变您的语气，整个 180

度大转弯,完全进行换舷吃风,在欺骗他们的时候一定要一副老实坦率的样子,老实到您的坏心眼不会引起片刻的疑心。这一点很重要。诗人拿着您亲笔签名的信件,在信中,您实事求是地认可他温和的才华,这样的诗人就一定会拒绝相信他的朋友们说过的关于您的那些卑鄙的言论。如果他的朋友们依然坚持,他就会把他们看成是说谎的人或心怀嫉妒者,可能还会和他们断交,而您就可以自由自在地继续完成这项对您的利益如此有好处的秘密工作了。不久之前,一位老导师就曾用令人反感的机敏,当着我的面对一位作家口诛笔伐,而这位作家却高兴地对我朗读了一封信,在信中,这个狡猾的骗子用最精致悦目的羽毛笔对他溜须拍马、阿谀奉承。这个事件让我陷入了沉思。

当您回信感谢有人给您寄来书时,您的回信不应该根据书籍的意义进行考量,而是应该根据作者的重要性而定。原则上来说,您刚收到的书一直都应该是同一个人所写的书中最好的一部,而作家在其作品中总是在不断进步。一旦您接受了这一点,那么就要根据年龄、名望、影响力的不同,适当斟酌确定您的溢美之词。您通过与朋友的自由交谈进行报复,您在诋毁一部作品时感受到的快乐,远比这部作品拥有更多优点让您得到的快乐多:这是一种广泛的、持久的快乐,它能够把脚跟控制得更好,以至于人们能够为此连续整夜跳舞狂欢。

除了我在第七段中提到的特殊情况之外，永远不要进行文学评论。没有什么比发表自己的观点更危险的了。我们是这些观点的主人，要把它们锁在脑海中。人们一旦给它们打开大门，就会成为这些观点的奴隶。万一——虽然我相信您不会的——您坚持要掺和到一场文学辩论中，那么也要通过迂回的道路，并且以绘画为借口。画家可以承受最荒谬的批评，因为他们从不回应，而且在针对一位艺术家进行评论的时候，很容易重重地伤害到一位与艺术家秉持相同原则的文学家。这种把戏成功过，但很危险。我建议您切勿未经深思熟虑就听从乔纳森·斯威夫特的暗示："您的第一篇随笔是檄文、抨击文章和讽刺作品中横空出世的一次壮举。您将二十几位名人打倒在地，那您的名望就必然会提升。"或许吧，但如果这真是一次"横空出世的壮举"，那谁还敢做出回应呢？一举毁掉二十个人的声誉，尤其是这些声誉当初都是通过勇敢、正直的方式才得到的，这对一个年轻作家来说，是太过罕见的幸福，因此这种尝试不可能不包含着严重的风险，而且您也知道我对风险问题的态度始终是不屈不挠的。精心破坏掉二十个人的声誉，人们或许在这个过程中能得到一些朋友，但是得收获多少恨意啊！如果青铜雕像进行反抗，如果它不能立刻轰然跌落神坛，那么他就会振作精神，用它冰冷的双手给您制作一条可怕的金属项链。我认为，此类行为中最漂亮的那些也总是结局悲惨的，尤其是在观念已经如此多样的年代。在这样的年代，人们很容易就会成为无所顾忌的冒险家，很容易就能招募到党羽和队伍。正如我对您说过的那样，您更应该用言语攻击，这样可以随时否认。

在我看来，斯威夫特的建议的第二部分反倒非常值得推荐，而且说实话，我称赞它的原因就是它禁止称赞。称赞别人很不好：那些您极尽全力赞美的人——您照亮他们的美丽之处，小心处理那些阴影之处——总是觉得自己的价值被低估了。同时，当您试图提高调门，使得赞美从吹捧变成夸张，直至变得可笑的时候，他们永远不会原谅您，除非他们秉性单纯，其慷慨纯真的灵魂自然清新，把这些事情当成您对他们的邻居表示友好的符号。至于您业已除掉的人，他们只会用沉默来回应沉默，这对您的事业不会有任何好处。

IX

无论你有多少力量、武器，无论您多么傲慢，也需要加入一个小团体或小帮派，就像人们需要社交小圈子和咖啡馆一样。在这种情况下，您就要像那些除了野心之外没有任何其他想法的众议员一样行事，您要加入所有的团体，但首先要与最厉害的那些团体,也就是那些野心家们密切来往。这样一来,您就有了一些相互对立矛盾的关系,知道了一些小秘密,这些小秘密对您滑到与您真正利益攸关的方向或许不无益处,那就是获得交战各方的信任,以便在时机到来时更好地背叛他们。您只要知道,野心家们是非常多疑且恶毒的:我曾见过他们,他们就像西伯利亚的狼一样,果断地吃掉掉入雪中的一个同类。它们胃口不错,牙齿锋利。只要稍有不慎,它们就会扑向您,从您身上最柔软的地方开始将您吞噬,一点也不剩,一直吃到骨头和排泄物。人们在大马路上欣赏着它们,为它们还沾着血的嘴唇得意不已。您需要双腿挺立,手放在剑把上,脸庞平静如虚伪的大海。如果你们其中的一个人态度傲慢,或者只是当你们经过时,如果民众看他的眼神过于殷勤,那么您就要毫不犹豫地将他打翻在地,在其他野兽停止攻击他,不再撕咬他的时候,立刻占据兽群的头领地位。在生活中,要学会牺牲一时的快乐,以便实现未来更大的福祉。

X

您要有用爱打动万物的态度。如果您喜欢女人,不要表现出太过普通的爱慕,因为这种爱慕无法吸引外界对您的关注。您要学会秘密语言和同性恋共济会的手势,要努力(真的很难)学会柔软无辜的声音,这些人中肯定能有一个人能够在一片人声的合奏中辨认出这种声音。这一点对你很有用,因为这些人已经形成一个团结一致而且比较强大的小团体。此外,这种厚颜无耻的独特性也能使您的声誉倍增,如果您已经薄有声望的话;如果您仍然默默无闻,那么它足以让您成功跻身于文学珍品的前列。

如果您的品位紧跟潮流,我反而会建议您保守一些。毫无疑问,一个只是疑似道德败坏的人会比一个确凿无疑地道德败坏的人更加受人尊敬。不道德行径的可能性会激发一定数量的人的想象,他们仅仅是出于谨慎或者怯懦才会表现得束手束脚。然而,一旦这些行为被证实已经完成,人们的欲望在粗暴的确定性面前反而会退缩。我觉得这套独特的转变机制就是这样运行的。此外,装模作样一直都是好事。人们正是按照这种机制管理自己的本性,并在遇到事故时,给自己保留真诚最终极的资源。

XI

您要不动恻隐之心,但一点都不要表现出来。一枚金币如果给得合适,可以让您成为一个好伙伴,一位与之结交有利可图的人。当然,一旦发生争斗,所有受过您恩惠的人也会全部投靠敌人，但是如果您需要把他们拉拢回来的话，鉴于这些人只要给一点小恩小惠就会满足，因此这么一小笔花费对您来说根本不在话下。您对待酒鬼要慷慨：人们有时候能在酒瓶瓶底找到一段意识的碎片，就像葡萄皮一样。在这种情况下，他对您的感激之情可能以某种美好的字眼表达出来，它们显然不会有损您的文学声望。

您要认捐所有的慈善作品，它们每一个都代表着一次给那些贫穷同僚的书籍、已故诗人的雕塑作品做广告的机会。但是一定要注意，只要有可能，每次都要大大方方地拒收费用的收据。在很多情况下，由于这类企业都没有什么规矩，您的行为也不会被人察觉。在另外一些情况下，您就把错误推到邮局账户身上。我认识一个年轻作家，他既富有又节俭。他就是通过这种方式，既保全了面子，还经过历年的算计存下了一百五十多法郎，他还用这笔钱给他的情人买了一个戒指。

XII

不要穿奇装异服。如果您要制作自画像，也要以特别美丽的画作为模板，但一定要描绘得非常模糊：在生活中。有很多情况下能够不被傻瓜认出来是乐事一件。如果能欺骗大众，愚弄面相师，那么您会更加开心。

更不要穿醒目的服装,您不需要一个明确的宗教信仰。关于这一点,和所有其他问题的普遍处理方式一样,除非您的兴趣驱使着您必须进行某种选择,否则就要选择中庸的观点,选择所有人的观点。如果您是犹太人,我建议您多交往基督徒,轻视您自己的族群,并假装自己马上就要改变宗教信仰,以便利用双方提前的主动示好和畏惧感。如果您是雅利安人,我建议您保持沉默,同时无视一切。另外,在文学世界中,没有什么比承认自己有宗教信仰,或者秉持某种形而上学的思想更加不妥的了。您不妨多学学牵引、诱导的方法,并在这一点上成为权威,这是成为真正的作家的试金石。

您要对政治少一些漠不关心的态度。要成为社会主义者,无须犹豫。不加讽刺地说,这是目前唯一一个能够让年轻人在年长之时得到参议员席位的党派。

XIII

永远不要有不诚实的行为,除非有绝对的把握可以不受惩罚。如果一个陌生人委托您阅读一份手稿,其中夹杂着一些想法,您可以把这些想法记下来,但是您只能在变得足够强大、不惧任何质疑的时候才能使用它们。如果是关于戏剧,这种方式很有用,因为戏剧常常立足于一个词或一个场景,无论什么对话,它们都能取得同样良好的效果。

当您剽窃一个同僚的作品时,一定要顺便提及他的名字,这样他就不能有怨言,而且公众也会相信整篇文章都出自您手,只有从那些并没有特别意义的句子里特意挑出来的只言片语不是您写的而已。

您不要写匿名信,但要仔细保存好别人寄给您的匿名信。笔迹的伪装常常都是拙劣的,一处稍不留心的地方就能让您发现作者究竟是谁。同时也要收好所有可能诋毁他人的小纸条,并与他谨慎相处。很多记者在媒体上的成功都是靠这种坚持,否则无法解释。

一些大胆的人士推崇下面这种诡计:首先请人引荐,为某位有影响力的人士充当秘书,然后包揽一切为其服务的小事:带小孩散步,带狗出去大小便,给他点烟,去取回借出去的雨伞,以及其他一切可以为您的文学生涯做出最好准备的杂活。于是如果某一天,主人生病了,他就会自告奋勇地帮他写文章,而且双方慢慢地对此习以为常。有一天,他就可以向报社主编说出真相。我曾经见过这种尝试,但是他并未成功,因为对报纸和公众来说,有价值的是名字而不是作品。

我亲爱的朋友,这就是我给您的头几条建议,或者说是我交给您早熟的思想去思考的一些想法。您年轻、野心勃勃、聪慧、富有、没有偏见和顾虑，您拥有一切成功所需的品质，但是我依然希望这些建议不会是您最弱的武器。

1896 年 9 月

理想主义的最终结局

他不知道他所看见的东西究竟是什么，

但是他看见的东西，

他却如饥似渴地追求着。

奥维德，《变形计》，III，430[①]

引　言

最近，我对理想主义的价值萌生了一些怀疑，这些怀疑与哲学丝毫没有关系，而是道德和社会意义方面的疑虑。尽管我殚精竭虑地思考，但依然无法通过直接逻辑的方法战胜我的犹豫不决。相反，如果理想主义理论被推到极致，根据我的推断，在实践层面，会根据它发展为积极的思想还是消极的思想，而分别通向尼禄主义或苦行主义。在社会意义上（正如我之前提及的一样）[②]，它就会发展成专制主义或者无政府主义[③]。

---

① 译文出自杨周翰译，《变形记》，人民文学出版社，1958年，第58页。

② 参见《理想主义》(*L'Idéalisme*)，第五章，第16—17页。——原书注

③ 可以通过阅读马塞尔·施沃布(Marcel Schwob)先生的一篇独特的短篇小说《自由之岛》(*l'Ile de la liberté*)（载《巴黎回声》[*Echo de Paris*]，1892年7月刊）来了解什么是"苦行主义-无政府主义"。——原书注

哲学上的审慎思想每当来到两条路的交叉口,就会坐下来自问:当我休息好了的时候,该重新走上哪条大道呢? 然而我并非这种思想的信徒,我也会像这种思想在两条路的交叉路口坐下,但是在思考之后,我下定决心,不会沿着任何一条已经开辟的道路行走,而是选择穿过田野前行。

总之,我不反感任何我说的两种后果中的任意一个——因为它们很可能是必然的、不可避免的——我想这两种结果可能既不是必然的,也不是不可避免的,无论是在形而上学方面,还是在政治方面,还是相对于我们生活中的私人行为方面,因为出于一直强力统治着我们的逻辑所产生的一种荒谬的需要,我们希望我们的生活能够与信条协调一致。

(将我们的生活与信条协调一致是件多么简单的事情。)

尽管我下了这样的定论,人们可能依然能发现其实我在自相矛盾。然而这些对人性善良的判断,尽管我需要,而且需要的程度无物能匹敌,却很少能困扰我。再者,像一个球一样在逻辑的道路上笔直往前走(笔直前进,或者沿着预定的道路前进),都是头脑简单的人的所作所为——我不是说他们庸常,两者很不一样。没有哪一个德国的大哲学家①是纯粹按

① 法国哲学家也不是这样的。马勒伯朗士(Malebranche)是演说家,他自以为自己信仰基督教,但只是在心里信仰。他的哲学其实通向苦行主义。——原书注

照逻辑去思考的：康德不是，他转向了注重实际的理论；费希特不是，他宣扬爱国主义①；叔本华不是，他的悲观主义中渗透着虚幻的精神解毒剂；耶稣本身，也即人们说的上帝，也有意地自我矛盾，他曾经说过"我的王国不存在于这个世界"，后来又大声说"将凯撒的还给凯撒……"。从逻辑的角度来看，他应该这么说："我什么都不在意，除了我的王国，它不存在于这个世界，而凯撒和他人也无异。"然而当他说出了"不存在于这个世界"这个否定后，他其实确认了"这个世界"，而且他肯定也想到了他的追随者，那些善意的人，应该与"这个世界"有着必然的联系。

让我们回到理想主义的症结所在。

我暂时忽略一种理论的社会后果——它本来也不太流行——，只引用一种业余的尼禄主义和一种行为良好的苦行主义。同时，为了简化调查，我们也先忽略那种匿名苦行主义。我们只需要对思维上的尼禄主义进行评论就足够了，后者更明确的说法就是那喀索斯主义（自恋主义）。

那喀索斯，

他不知道他所看见的东西究竟是什么，

---

①　参见《致德国民族书》（*Discours à la nation allemande*）。——原书注

但是他看见的东西,

他却如饥似渴地追求着。

而且,由于他只知道自己,他就忽略了自己:奥维德不懂得这一点,在他优雅的诗歌中的十五个音节中写进了很多哲学观点①。

但我们还是应该重拾那些束之高阁的东西,并且再次重述——唉! ——那些已经被重述了成千次的东西,以便梳理清楚。这是一种永恒的必要性:人们对于否定总是如此轻信,以至于他们把真相似乎看作了传说,所有在阴暗的冷漠森林中被谴责之物,在阴暗的疑虑森林中的幸运者,却都活了下来:

当人生的中途,我迷失在一个黑暗的森林之中。②

---

① 几个世纪以来,这些符号一直处于封闭的状态。它们是被封住的喷泉池,或者"*hortus conclusus*"(封闭花园)。我们从这些死水前走过,丝毫不想喝一口清澈的水;在封闭花园前走过时,也不想翻墙而入,甚至不想从玫瑰花丛中采摘一小朵神秘的玫瑰(一部蕴藏着很多其他秘密的小说《美女与野兽》让我理解了这一点。有朝一日,如果我有这个能力的话,我会用很多例证加以解释)。在饮用那喀索斯之泉还不流行的时代,巴尼尔神甫在评论奥维德时就说过:"那喀索斯的故事被我们的诗人写得非常精妙,它是那些并没有教会我们什么重要东西的奇特的事情之一。"——原书注

② 但丁,Inf., I,1—3。——原书注(中译参见王维克译《神曲》,人民文学出版社,1996 年,第 3 页)

237

第一章　精灵-假设

当然,世界对我来说只是一种精神体现,只是当感觉引起我的思考时,我提出的一个必然①的假设②:物体只是作为我的一部分才被我感知;我只能在它本身中感知它的存在;只有当它围绕着磁铁即我的思想旋转时,它对我才有价值可言;我只能赋予它一种客观的、不稳定的、受到我进行假设的需要所局限的生命③。

接受了这一点,并且首先确定了(尽管一些项有矛盾之处)物体的主观性之后,我打算更进一步进行分析。

抛开我已经自知的我(至少根据定义是自知的),为了自

① 这种必然并不是绝对的。在生理学或精神病学的情况下,痛苦不能被感知;在睡眠中,神志恍惚不能被感知,诸如此类。外界世界由此被否定了。第二,这种假设可能是被"预先"创造出来的:它们是错觉或幻觉。然而这种"必然"却是所有关系式生命的条件。它可以进行这样的假设,直到出现相反的证据为止。——原书注

② 费希特,《科学的理论》(*Théorie de la Science*)。——原书注

③ 当感觉不仅仅与我绝对的感知能力有关,也和我的目前的"愿望"有关时,感觉总是"至关重要的":感觉受到欲望和恐惧的影响;被我的实际或潜在的倾向所改变。对于一幅波提切利的画作,我今天的感觉不可能和十年前的感觉一样,而且我可能今天就开始像十年后那样去感知它。品味会变化,而且日新月异。如果应用在爱情方面,这种影射就会显得非常清楚了。——原书注

我教育,并认识我是如何受限,以及受何所限,我想研究客体,也就是对外界事物的假设。客体与我相互混合,但是是按照水与酒交融的方式混合在一起的,水同时改变了酒本身。这种改变,或许没那么负面,或许是积极的,但都不可能让我无动于衷。

我因此被限制、被改变——首先,我还是承认这种限制是存在的,尽管我不能预见是它被强加于我,还是我出于心理机制的某条法则将其强加给自己的。我承认客体或曰外部世界的存在。我承认,客体并不存在,是被我排除在我之外的,然而它依然是我的感觉的假设性来源,尽管它自己也是由我的感觉造成的。我承认这一点,因为精灵是从我的炉子里炮制出来的,它突然出现并控制了我的大脑;而且它在说话!

实际上,根据我的研究计划,在我分解客体时,我发现它可以分为两种形式,两种幻觉,但完全是不同的!不反抗我的物体和反抗我的物体,奴隶物体和矛盾的物体,符号物体和思想物体——人,可怕的人,让我大惊失色的人,因为它很像我。

我自知并且自证;我思考,故我存在,而我遇见这位兄弟的外部世界——我很清楚——并非他物,而是假设性外化的我自己的思想。但是如果说这位老兄围绕着我的磁铁,也就是我的欲望旋转,而我作为其欲望的例子,也在围绕着它的磁铁旋转。那么如此说来,它栖身的世界只存在于我身上,而我栖身的世界也只存在于他,而对于他的思想来说,我依赖于它的思想:它创造我,毁灭我,感知我,否定我,书写我,抹去我,点亮我,也让我堕入黑暗。

我即是它:精灵-假设发展壮大并将我碾碎,因为当我思考的时候,它只是我的思想而已——当它自己思考的时候,它就是全部。只有经过它的同意,我才能继续存在。

因此我受到我的假设制约,也就是说受到我自己制约,而这一次我毫无疑问地认识到,我无法不限制自己,因为只要我一开始思考,就给思想提出了假设。我就是这样受到我自己思想的制约,我想得越多,自我制约就越多,我就会创造越多阻碍至关重要的绝对主义发展的障碍物。像苍蝇的复眼一样,我的思想使它复眼中的敌人成倍增加,在我面前也出现了一支庞大的他者的军队。但是无论敌人是一个还是很多,他都同样限制了我的自由。他迫使我设想出他的存在,强迫我与其"谈判"。

如果它不否定我,我也会尽我所能地、在我的天性能够允许的范围内接受它的假设性存在——但是显然条件是它也必须同样对待我。毕竟,这只是在交换正确的处理方法和互相让步。与其发动战争,我提议还是和平相处。那些允许我生存的事物,我也会留它一条生路——对于那个将我从深渊中拉出,自己却因此陷入深深的人,我也会给他扔一条救援的绳

索。我们就是新的狄俄斯库里兄弟,在白天各自生活,而我们的夜晚只是周期性的瞬间,我们从中享受美妙的明暗交替:

> 波路克斯和弟弟轮流赴死。[①]

以下就是波路克斯的论述:

> 树木之所以存在,只是因为我想到它。对于我预测到并且乐意承认——尽管非常痛苦地承认——的假设性思想来说,在我的领域之外,我也是一种树木,我之所以存在,同样只是因为我的思想想到了我而已……

他接着说道:

> 然而,我存在,——而且绝对存在[②]!

他思考了一下并继续说:

---

① 维吉尔,《埃涅阿斯纪》,VI,第 121 行。——原书注(中译文参见杨周翰译《埃涅阿斯纪》,译林出版社,1999 年,第 143 页)
② 根据费希特的说法,自我是一切潜在的事实,而且一直如此,直到出现了相反的证据。——原书注

是的，但是精灵没有说关于他自己的其他任何东西；他也说：我存在，——而且绝对存在。但是，如果我承认了我的推断，我就要承认它的推断，但是有两个绝对是相互矛盾的；它们通过互相证实而互相否定，也通过互相否定而互相证实。

为了被想到，我就要自我否定，——但是在其他的思想中，我又能发现自我否定的形象，这种否定被颠覆并且又重新变得积极：我存在，并且生活在想到我的思想中。

这就是为何波路克斯与其会死亡的犯人兄弟共同分享它的永生的原因。

第二章 关系式生活

形而上学提出公理，实践来证实它们；如果形而上学没有权利，它就去获得权利。

绝对的智慧在无尽的绝对孤独中进行思考，它的思想织就了一条毯子，背面展示着我们所为何物：人，野兽，植物，石头。它本身自有其原动力；它从圆上的一个点出发，还回到同一个点，这种简单移动始终如一，带来无限的产物。

对于有限的智慧来说，思想的条件就完全不同了。它需要来自外界的刺激。如果压缩到它自身，它就是秘密的囚徒。在这种情况下，思想自我毁灭，只能作为一种自动的实体而存在，它自我吞噬，自我消解为无思想①。他人的思想如同那喀索斯的镜子，没有它，他就永远不为人知。他自恋，因为他看到了自己。人们在镜子、眼睛和外界思想的湖水中看到自己。这个有智商的那喀索斯，他满足于主要由女性构成、假装在听的听众，如果他只向林中树木或记忆女神这座宽容的雕像倾诉心声的话，应该流传得不至于这么远。然而，由于没有客体—思想，那喀索斯仍然会乐于呼唤岩石的缄默耐心和善良的树木沙沙作响的同情。他倾听着，也发出回声。回声就是他赖以活着的思想：如果他否定回声，他就死了②。

---

① 这是雨果林（Hugolin）故事中的标志性意义。他是囚犯，并与思想活动的源泉隔绝，他吞吃小孩——也就是说他也吞吃自己，吞噬自己的思想。为此他被永远地惩罚，因为他出于高傲，试图否定这些强加给我们的关系式生活的条件本身。他服从他的孩子、他的思想、他的自私给他提出的建议，而且自私比爱更有力量——"饥饿的权力强于悲伤。"（但丁，XXXIII，75[中译文参见王维克译《神曲》，人民文学出版社，1996年，第147页]）——原书注

② 他变成花朵之后，如果我们期待这个结局的话——圣母石竹（a）或者波里昂花（b）——那么花朵就应该被采摘。我们会将它和风信子、百合花、剪秋萝、常春藤混淆，而且我们会在举行形而上学盛宴的时候（c）为我们的朋友戴上用它编织的花冠：

——Hederae Narcissique ter circumvoluto circulo
   Tortilium coronarum...

——常春藤和水仙花绕了三圈
   盘起来的花冠

（转下页注）

理性和逻辑的那喀索斯甚至不会为躺在水中的倒影担心。他远离一切，茕茕孑立，嫉妒而沉默地照顾着他小花园里的奇花异草，这花朵是如此的珍贵，以至于他人都无缘得见。这或许就是古时候的孤独之人？非也，因为他们培育自我，只是为了采摘自我，只是等待植物变得足够强大，以便招来那些出世之手①。他毫无逻辑地邀请他人来参观他的花坛和温室，因为他已经是时髦的园艺家，再也不是穷困的园丁，他炫耀着自己收藏的诱人的杜鹃花和难得一见的兰花，这都是他出于骄傲苦心培育出的景象。他自己就是伟大的园艺家，但是如果别人不确认这一点，他的自我肯定的说服力就没那

（接上页注）

　　而且我们还会乐于用新颖的东西和令人感动的仁慈来装饰他们。

　　—Tu vero admodum variam e floribus coronam gestabis mollissimam, suavissimam.

　　—Summe Jupiter, illam habentem, quis osculabitur

　　——但是你会戴上一个极为柔软、极为怡人、由百花组成的花冠。

　　——至高无上的朱庇特，拥有她，将会亲吻她

　　是的，那么谁来亲吻游戏王后的嘴唇呢？

　　注释 a：费劳斯特莱特（Philostrate）的评论，《画作》（*Tableaux*），巴黎，1620 年，对开本。

　　注释 b：阿提尼（Athénée）的评论，《智者之宴》（*Deipnosoph.*），巴黎，1598 年，对开本。

　　注释 c：阿提尼的引用，拉丁语版（出处同上）。——原书注

　　①　离群索居者即使孤身一人，也并非总是孤独的。有时候他能听到"致独居者的声音"。哈罗，《圣人的面貌》（*Physionomies de Saint*），第 423 页。——原书注

么强。

尼采是唯心主义的黑奴贩,精神尼禄主义的标准原型,他在破坏了一切之后,依然保留了一个奴隶阶层,天才之我得以在他们身上施加巧妙的残暴以自证存在。他也想为人所知,想让人们认同他作为弗里德里希·尼采的荣耀——尼采的想法是有道理的①。

最谦卑的人也需要荣誉:他需要的是与他的平凡相匹配的荣誉。天才也需要荣誉,他需要与他的天赋相匹配的荣誉②。哪个诗人会像查理五世一样,会为自己给自己戴上的那顶唯一的桂冠而高兴呢?皇帝不会在一个昏暗的小礼拜堂里戴上王冠,他要在全世界所有人面前,在全世界所有王公面前给自己加冕,因为他是其荣耀的第一个评判者,只是第一个而已,并不是唯一一个。

自我经由他人思考之后,就获得了一种新的意识,变得更加强大,而且还根据其本性,在数量上实现了倍增。

一朵玫瑰成倍增加,就成了一片玫瑰园;一棵荨麻成倍增

---

①　作者未对该段落进行改动,此处显示出作者在涉及尼采时的无知。但这种无知能够确认的话也是好事,因为某些思想之间存在相似性。这一时期,不止一位思想自由且富于逻辑的人曾经在尼采的作品中读出他的这些思想。——原书注

②　哈罗的观点与此相近,并曾写下洋洋洒洒的美文(《天平盘》[*Les Plateaux de la Balance*]中《精神的仁慈》[*De la Charité intellectuelle*])。——原书注

加，就成了一片荨麻田。

因为唯心主义的偏离，正如我所设想的一样，它不会认可稀奇古怪的数字法则，反而会与之背道而驰。这种法则建立在离奇的加法之上，将所有的玫瑰、荨麻、老鼠、斑马都算在一起。思想具有不同的个性，没有完全相同的两个个体，不论镜子是好是坏——而且镜子并不吸收，而且只能反射一种存在方式，而不是存在本身。存在本身是不可侵犯的，但必须要遭受过几次试图侵犯的事件之后，才能知道它是不可侵犯的。

高柱修士一人独坐于柱子上，但他依然需要朝圣者们聚集在他的柱子下面。他也需要狄奥多西①的问候，需要狄奥多里克②无用的讽刺之箭。

没有别人对他的所想，高柱修士不过是一棵沙漠中的棕榈树。

1894 年 2 月

---

① 狄奥多西一世，罗马帝国狄奥多西王朝（379—395）的第一位皇帝。他废止了古奥运会，宣布尼西亚派基督教为国教，取得冷河战役的胜利，并重新统一罗马帝国。

② 狄奥多里克一世，西哥特王国国王，著名的阿拉里克一世之孙，418—451 年在位。418 年末，狄奥多里克率领西哥特人，以西罗马帝国同盟者身份定居于阿奎丹，建立了第一个日耳曼王国，定都图卢兹。

仁慈的原则

　　一个行为的原则，或者说它的产生原因、主要原因，比行为本身更重要，因为行为从原则中获得它的美学价值，也就是道德价值。如果将其压缩到有形机制来看，行为其实是无谓的：它是一种力量的外化，仅此而已。孔武有力之人无论是救人还是杀人，两种行为其实是一样的，但为了区分，就必须了解它们最初的原则；但这种原则可能是相同的：贪婪、虚荣、服从、勇气——谋杀可能披着血淋淋的无私的美丽外衣，而救援也有可能沾染了所有水底的泥沙和所有奖赏带来的污泥。原则一旦确定，惩罚就会介入，并抹去罪行；而奖赏也一样会抹杀原本促使奖赏本身产生的行为，人们就会再度看到行为本身无谓的状态，而后者本来就是一种常态，而且也将是某一天所有可能的行为完成时，人类**全部活动**的状态。因此，如果人们一定要进行评判——这是一种禁止进行的游戏，但很具人性——，不要评判行为，它们只是一些动作，其方向随时都可能因为次要原因或者后面出现的原因而出现偏离，而应该评判前期行为，它们才是有权势的行为，它们正是最初的原则决定它们之时的行为本身。应该要评判原则本身而非行为，在此，我们要寻找是何种原则让行为具有了仁慈行为的品质，使得它们与芸芸众行截然不同，后者因此被认为是平淡无奇的行为，然而这一判断并无道理。

I

生活，是一种有信仰的行为，因为人没有能力证实哪怕其日常存在都要依赖的某些概念；也是一种仁慈的行为，因为它是一种在人与人之间，以及人与自然界其他部分之间永恒进行的概念和感情的交流。在这场气息的洪流之中，通常被称作仁慈的举动只是一缕气息，而且经常是虚荣的气息，但是它却像一架喷射机一样呼啸而来，以抓住敏感心灵的关注。这些举动也就仅仅值得被感知而已，他们甚至会发展到卖弄或谎言，因为它们试图让人相信只有它们才有权利行善，然而它们的原则却将其列入了最常见的商业操作而已。

仁慈的行为大多数情况下仅仅是商业行为，是销售、购买、交易：赢得天下，赚到大众的尊敬，赚到自我认可，赚到良心的休息；购买快乐；摆脱良心的谴责；用钱交换祝福；购买好运、便利，尽管还存在问题；购买幸福，尽管还只是一场虚空。所有这些行为都遵从了收益原则，只是被乐趣原则在这里或那里进行了削减。乐趣原则是自从仁慈这种爱情原则和同情原则具有了堂堂正正的自私的特征，并且与人的命运——在生活中自我强化，并且在让他强烈地体验个人优越感带来的乐趣的那些情感的操演中自我强化——相一致之后唯一还被质疑的原因。通过人们经常混淆的爱情行为和同情行为（尤其是女人，这是她们动人地升华的基础），人获得了成长的感觉，甚至是变得独一无二的感觉。这些行为是非常神圣的欢乐制造者，它们与痛苦有同样的效果：它们强有力地区分出那些怀着单纯之心行事的人；它们把这个人立在高柱修士的柱子上，高到沙漠里的沙石看起来只是沙粒，而沙粒泛起涟漪，好像清澈的水一样在笑。然而问题再次出现，因为导致这样结果的经验可以自我获取，无私也不是绝对的；关于目的意识并不总是缺席的，尽管没有任何社会和实践行为不会玷污这样的行为（它们可能是社会意义上的犯罪行为，人们总是如此暗示），但依然离我们必须去寻找完美的仁慈原则相距甚远。

仁慈原则是免费的天赋，简单纯洁，不夹杂任何欲望、希望和目的。当我们要下意识地选择它们时，天性和与天性最接近的人性给我们提供了相关的例证：花朵的仁慈，栗树的仁慈，牛的仁慈，狗的仁慈，——天才的仁慈，美丽的仁慈，——海洋的仁慈，太阳的仁慈，——神的仁慈（其本质不定），它根据法则维持着一系列现象和智慧活动的更替；然而真正的仁慈是有意识的人的行为，他根据自己的个性、内心的逻辑和个人的逻辑规律生活。这样的人会展现他有的东西和他本身。为了开花,如果他是带刺的飞廉,他就不会借用百合的活力,不作常青藤,也不当镜子:他不会将他的爪状根扎进其他智者更强大的花枝上,也不偷走属于其他灵魂的恩惠;如果他是青草,或者金属,或者活的生物,他在万物的盛宴中只会提供一种慷慨的自私所能提供的自然的富足,而且符合节律,也与神的旨意相符。

因此,最大的仁慈是自己生活,并且同意自己成为草原上的一滴红色污渍或油漆,并且将自己的角色局限在包容一种微小差异与其他微小差异应该有的关系之中。但是为了生活,仅仅存在是不够的;还应该拥有对自己的生活、自己的色彩、自己的游戏的意识,而且在获得这三重意识之后,还要维持一系列现象的更替和智慧活动的进行:只有做到这些,人才是神,才是他自己的神;而在成为自己的第一神灵之后,他就到达了仁慈的最高顶峰,也就是自爱,对自我的爱中正蕴含着自我的恩赐。

爱,就是给予;自爱,就是自我给予。如此一来,根据最简单的推理,我们就能在不确定的自我感知中,无限地分辨爱情与自私,我与非我:自私思考爱情,而思考爱情就会生机勃勃,就会像湖水荡起波澜一般向整个世界传播。这些波澜就像如雨点般落在水面上的石子产生的波纹,它们交错纠缠,但却互不混淆,互不毁坏各自的圆圈,这些圆圈从石子落水的地方开始坚定向外延伸，一直蔓延到一条不为人知的界线为止。在这样无法遏制的波浪形成的和谐之中，商业性的仁慈行为就像青蛙吐出的气泡一样破裂了。

II

我们称之为关系式生活的东西在许多行动上都参与了最高级别的仁慈，但是这一真相应该不会被充分揭示，因为事物都有两面，词汇也有其要求，我们可能在期待着一次对最符合词汇定义的事实——以便不再长时间地悖逆大脑习惯的共同点——，以及最符合"有用的心"所实践和垄断的行为进行分析的简要检视。

仁慈应该有用这一思想差不多是一种新思想，可能是从圣文生·德·保禄（saint Vincent de Paul）开始的，或者至少人们一致同意将这项奇特的发明授予著名的慈善家，授予小孩子们的帕门蒂尔①。在他之前，仁慈只是一种对个人错误的赎买行为，它一直保留着自私和可以称之为挥霍的特性。在大多数情况下，它确实是一种无条件的赠与，也不带任何目的，仅仅是一种赠与。它是一种牺牲，拥有遗忘所具有的恩惠

① 帕门蒂尔（Antoine Parmentier，1737—1813），军事药剂师，他推动人类食用马铃薯，并在饥荒期间推广新食品。

和纯洁性。它不对自己的金钱举目相随。但是现在，人们甚至发展到合理合法地炮制出所谓的**穷人收据**来，上面还带着印花章。今天的人们只是在投资虚荣或者恐惧。布道神甫那带存根的票据本变成了阻挡泥水喷溅的盾牌，当票据本一朝失效，人们就会把它打成纸浆，用来制作海报。仁慈已经成为一种宣称仁慈的方式：懂得仁慈地骗钱，并把钱分发给最机灵的讨要者，这是一种被记者们——对这门高利润的职业心怀羡慕——和小资产阶级赞扬的天赋，小资产阶级敬重会计、秩序和经济学，他们并不向路过的穷人捐赠，而只会向拥有一串备注数字作为证据的穷人布施。

但是如果仁慈作为哈巴狗，为某个大胆的慈善家的利益服务，或者它成为针对某个无辜的胆小鬼签下的谩骂的保证书，那么仁慈就会失去其所有关键的特征。在其他情况下，它只会保留其中一小部分，比如极大地减少慈善的美貌，而非将其降到社会齿轮体系中，后者是人类秩序的原动力，是文明中专制的同谋。有人曾经说过，施舍是富人对穷人的一种侮辱。情况几乎总是如此，因为施舍几乎从来不曾是免费的恩惠。人们用几文小钱买到穷人的沉默和智慧。但是不求任何回报的施舍，比如送给酒鬼一杯水酒，这真的是一种侮辱吗？把一个悲伤的、伸着手讨饭吃的人带进面包店，这很可怕，这才是一种侮辱，而且不可原谅，这是一种轻蔑的仁慈带来的侮辱，它限制了需求,从而限制了恩惠。您知道这个穷人是否需要一朵花,或者一个女人吗?您给他一个面包,他只能沾着您切开的血管中流出的血液把它吃掉。有限制、有筛选的仁慈是残忍且可笑的,如果我们再将义务的概念混到里面,它的自我讽刺就越发严重,而且每况愈下,甚至可能自我侮辱。

人们能侮辱仁慈吗?

维里耶·德·利尔-亚当在说到一个令人厌恶的乞丐时,说他让贫穷蒙羞。这样说就扯得太远了。如果穷人是卑贱的,那么他们侮辱的就只是他们自己。在一场糟糕的慈善舞会中,一个舞女把本应是一种乐趣的东西堕落成任务这样的羞辱,能说她侮辱慈善了吗?词汇群并不对它们所意指的意义群负责,当它们提升到思想的高度时,它们不可能因为一件事的背离而被缩减。

谁能侮辱快乐?

而仁慈就是一种快乐,正如其他所有的快乐一样,也应该有些许伪善,几分朦胧,师出有名的行动,以及简单而纯粹的人性的行为,就像人们在占有一个女人时可能只了解她的外表,而她只能听到男人在一项隐秘事业的阴影中发出一声无名的呐喊。

1896 年 2 月

语言的命运

前不久,有人在一本普及性杂志①上发表了一篇题目亮眼的文章:《语言的战争》。然而不幸的是,由于这位作者是外国人,尽管他学识渊博,掌握的数据也是最新的,却未能得出让法国作家心悦诚服地接受的结论。他完全从外部视角看待这个问题:他充满同情,但是缺少那种对自己热爱的东西连其缺点都爱的那种痴迷之情——当然这也是他的权利——,这种痴迷会让他觉得那个唯一之物胜过世间万物,甚至胜过所有的权力、所有的正义与智慧。在他的计算中,还有很多商业上的考量,这种考量值得表扬,连诗人可能也会有这样的考虑,因为文学就是拿来出售的,就像橙子和花朵一样;但是人们还是会认为,如果有一本法语杂志的主编也跨界到一本德语文集或者英语杂志发表文章,他可能也会这样写。希望我们简化拼写和句法的想法——确实如此!——不仅仅会单纯扰乱我们的记忆,也让我们想起所罗门大帝那次著名的审判:"你本来是什么样子,就应当是什么样子,否则你就不能存在"

---

① 此处我们删去了杂志的名字,此外它的名字无关紧要。它的名字曾经出现在这部奇妙之作的第一版中。如果去掉所有可能引发论战的特点,或许这部作品会更成功。——原书注

(*Si ut est , aut non sit*);这句话出自一位生活在尼采之前时代的耶稣会会士,也是一句逃脱了权力本能的至高无上的话,在进行每次讨论之前,都应该再度拿出来提醒人们注意。它表达明晰,可以免去冗长的评论。

看到一个捷克人或波兰人发自内心地向一个来自兰斯或鲁昂的法国人提供如何学好这门语言的一些妙招,而后者其实自从娘胎里就已经学会这门语言了,这是很可笑的一件事。对恬不知耻的行为,人们会一笑而过。人们喜欢在塞纳河边嬉笑,也喜欢在马恩河边嬉笑。然而,我们曾经和一位严肃的犹太教徒打过交道,没有任何一个玩笑能伤到他的身,可能我们需要严肃地对待一些话题,而迄今为止这些话题都是专门为无用的学术会议即将结束时活跃气氛用的。

以下是他的陈述,我们原文重现如下:

从前,人们信誓旦旦地说法语是使用人数最多的语言。但是这个从前的说法是不精确的。我看得很清楚,语言就好像那些像长颈小药瓶一样标着刻度的小东西(其展示者自由地启发着众多读者的悟性),我看得很清楚,法语目前被日语追得很紧,而且俄语的药瓶也已经装满了它黑色的胶囊,而且其高度远远超过了法语。我看得很清楚,在85、58和40几个数字之间存在一种代数关系——但也仅此而已,因为这是人类的语言,是关于思想、艺术、诗歌的人类语言,而不是关于糖、胡椒或者咖啡的人类语言。你们设想一下，研磨俄语的磨坊几乎比法语磨坊的用户多出两倍！怎么样？中文磨坊就更多了：有三四亿之多。统计学就是去除数字中包含的所有真相的艺术。有时候1等于1，而更常见的是1等于x。这位作者是犹太人，他应该记得，曾经有一个很小的贝都因部落把它的宗教强加给了全世界。古典希腊语在同一时期的使用人数从未比瑞士人或丹麦人多。

但是如果没有拜占庭帝国的权力庇护，希腊语可能就灭绝了，它的文学也可能会消亡。正是罗马的标枪才将拉丁语根植到西欧。语言的命运由两种因素决定：一个是内因，一个是外部行动原因；一个是完全文学的，另一个则纯粹是政治的。第二个原因才是最强大的，它可以消灭第一个原因。但是当它作为补充出现，而不是干预第二个原因时，它反而能够获得坚不可摧的力量。它的未来将如它所愿。在我们的影响力之外、我们的理性之外的东西不可能让我们保持长久的兴趣。然而，显而易见的是，欧洲未来的语言将是欧洲霸主的语言。如果俄罗斯会成为未来的罗马，那么俄语很有可能就是未来几个世纪的拉丁语。法国的地位被卑鄙的政府削弱，从此之后只能是纯粹文学的角色（除非会发生一次觉醒，然而那是不太可能的）。有个问题可博一笑：在战胜国语言的卧榻之侧，未来战败国的语言可以在何种程度上指望以文学的形式苟活呢?

也就是说,战败者的语言处于一种死亡的语言、炫耀性的语言或者仅限于小团体的语言的状态。因为语言的生命和整体性与人民的生命和政治整体性联系密切。法语的历史就明确地表明了这一点,尽管是反向例证。西班牙语在南美的演进即将为这一论点提供下一个例证,毋庸置疑。战败的欧洲各国失去了自主权,也将眼睁睁地看着他们的语言迅速分裂成大量方言,而且其差异越来越大。或者更确切地说,法国的方言至今依然很有生命力,而且数量众多,如果它们不再受制于某一种共同语言,就将变成一些真正的小语种,就会和瓦隆法语、普罗旺斯方言、庇卡第方言以及葡萄牙语之间存在差别一样变得各不相同。生活在里昂的法国人再也理解不了南特人的语言,也听不懂巴黎人和雷恩人的话。那就会产生数年以至于数个世纪的混乱,出现一种语言的无政府状态,和罗马帝国崩溃之后的政治无政府主义状态类似。然而人类是非常善于扭转天性强加于他们的障碍的,这也是他们的结局。如果需要一种交流的语言,人们肯定会毫无疑问地接受征服者的语言。这种接受在历史上有很多先例,看上去无法解释,因为人们似乎是自愿接受的。但是如果说人们认为对于战败国来说,唯有借助征服者的语言才能接触到公共职能机构、影响力和财富,征服者的语言是连接河流两岸的渡船或者桥梁,那么语言的变节其实绝对符合人性,而人性总是倾向于能够感知到的幸福那一边。

然而,野蛮人并没有将他们的语言强加给罗马世界。汪达尔人在非洲曾经对拉丁语礼遇有加,直到很久之后,拉丁语才屈服于阿拉伯人入侵的事实。在研究这些相互矛盾的事实时,或许应该考虑到征服者的智识抑或性格特点。为什么拉丁语成功抵制了汪达尔人,却无法抵挡阿拉伯人呢?或许是因为尽管汪达尔人声名狼藉,但却是温和、智慧的种族,他们更加耽于肉欲而非虚荣,很快被这种其所有元素对他们的内心世界来说都不陌生的文化所软化和取悦。然而在阿拉伯人和吉普赛-汪达尔人之间,却不可能产生任何情感或智慧的联系。战胜者施行一切权利,甚至大屠杀的权利。

罗马人傲慢的特点与阿拉伯人的愚蠢导致了同样的结果。他们并不想把被征服者的语言当成一件体面的工具,在这一点上,他们和今天的英国人、法国人并无二致。科尔蒂斯①的同伴不想说墨西哥语,而凯撒的士兵也并不想说高卢语。有一件事值得一提,那就是科尔蒂斯曾经在他即将于数星期之后占领的神秘帝国的入口处找过一个口译员;高卢地

---

① 科尔蒂斯(Hernán Cortés,有时写作 Cortès ou Cortez),西班牙征服者,代表卡斯蒂利亚国王和神圣罗马帝国皇帝查理五世占领了阿兹特克帝国。

区有多少种方言,凯撒就找了多少个口译员:对有些人来说,天然的屏障反而成了同谋。但是这位未来欧洲的霸主即将遇到的不是软弱无力的方言,而是强壮、顽强的语言,它们以备受尊崇、富有生命力的古代文学为依托,以行政传统为依托,也以大众信仰为依托。在某些欧洲国家,出于多种原因,大众信仰基本等同于语言、种族和政治上的祖国。在这些卓绝的斗争中,文学依然是一种力量。当军队被歼灭,女人们从被割断喉咙的男人们身边站起来,她们呐喊着发出诅咒和呻吟,此时此刻,被征服者的语言表明了它的求生欲,哪怕是为了表达痛苦和绝望。而且孩子们很难忘记这些语言的声音,这些语言就和眼泪、呜咽一样,是拜祭他们父亲的声音。然而生命比个人情感更强大,也比国家情感更强大。欧洲的语言都将消亡,尽管它们拥有美和人性的内涵。它们都将随着口语传统的消亡而消亡。如果其中能有一种、两种或三种语言躲过语言的总体性死亡,侥幸存活下来,就像现在还稍微有点声音的拉丁语,以及更加微弱的希腊语或者古法语,那么究竟是哪些语言呢?

§

如果人们假设欧洲的霸主或者全球的霸主是俄罗斯人,那么首先就要排除所有其他的斯拉夫语言,而且它们也将是最先被消灭的语言。它们中间没有任何一种拥有能够延缓其灭亡，或者让人对其消失感到遗憾的文学。人们从现在开始就可以将它们视为匆匆过客，而且如果稍微认真一点，还可以确定——在地球不会发生大灭绝的条件下——它们彻底湮灭的具体日期，误差不会超过一个世纪。一旦接受了这个推定，人们就可以将这套推理应用在对斯堪的纳维亚地区的语言上，它们的生命或许因为出现了某个天才作家而得以延续更新，但并没有因此而减低其虚假感和脆弱性。假设欧洲没有经历征服，而是必须遭受人道主义者们所预言的惩罚的话——他们预言欧洲将遭受忧伤的和平，这其实是一种可怕得多的惩罚———，那么如果易卜生没有出现，人们根本看不到一门像丹麦–挪威语这样的语言在全世界能够占有一席之地。这些仅限于极少数人使用的方言，即使对他们自己人来说都是一种阻碍和陷阱，而且更有甚者，简直就是坟墓。

荷兰语的命运也不会好到哪里去，波兰语也一样。但这两种语言依然还能够有很长的时间可以逐渐演化，一个是在非洲，一个是在巴西。在这两个地方，尽管它们也有一些个别之处的变化，仍然足够多地保留了它们原本的形象，以至于人们会疑惑它们是否真的会灭绝。尽管西班牙语更有活力，但同样缺乏扩张的力量，因此西班牙语也将面临同样的命运，它的历史也会在一座广袤大陆一大半的领土范围之外，在海外得以延续发展。

侵略者首先进攻的是德国，德国当时几乎已经被战争团团包围。但是侵略者却遭遇到一种强大的语言抵抗，但是这种抵抗却没有深度，也没有根基。几乎全部来自科学和哲学的文学每十年就会自我更新，然而最近几个世纪却几乎颗粒无收，因为自尼采以降，尼采式思想的酵母就完全破坏了一个世界，但却没有更新这个世界，而后者已经衰败不堪，完全损毁。社会主义式的分析和经验最终使德国人变得愚钝不堪，他们同时发展了两种趋势，一种是情感上的想入非非，一种是物质上的享乐。后面这种思维活动完全忽视了创造的高雅乐趣，其程度甚至比 20 世纪还有过之而无不及。德国人成为彻头彻尾的伪造者和模仿者，他在模仿、翻译、编纂。他在学习战胜国的语言时不带丝毫厌恶，他全情投入这项辛苦的工作，生动地感受到了这种语言的霸权作用，也感受到了自己残存的那些能量，以及自己长期以来备受规训的注意力。他的文学黯淡、沉重、毫无光彩，只不过是对抗这片新的野蛮之海中狂风巨浪的一道脆弱的堤坝。他们倔强的感情唯有在音乐中才能找到一处高级的庇护所。

然而，章鱼的触手还伸到了英国和意大利。岛屿是个难以驯服的猎物，但它一旦被攻陷，就会成为一个浑身瘫软的猎物。岛国从来没有自己的武装，无论它有多想要创造自己的防御力量。在人群中活跃的中心，有一群比任何一个大陆国家的人都更加无知、更加傲慢、更加胆怯的人。任何一个外国人如果误入此处，他们都会觉得他简直是个火星来客，都会造成不止一点的慌乱和恐惧①。对大岛屿的语言征服比武力攻击更简单，只需要坚持不懈就行了。他们的固执很快就会弱化下来，被关于利润的温和思维和关于实用性的正确思想所渗透：商业本能终能扼杀民族本能。对于专以盈利为生的人，比如岛民来说，上帝的语言就是攫取金子最好用的黏胶。

英国有文学，但是它没有或者说不再有文学语言。人们教导我们要当成大作家一样崇敬的那些英国人甚至连句子和节奏的基本艺术都不注意。他们写字就像说话一样，会忘记一部分词语；当他们思考的时候，就会忘记一部分思想。在他们以为自己在写作时，就罗列辞藻。他们派遣自己的思想去参战，就像梅休因勋爵在派遣士兵时，把他们分成一个个紧密且各自为战的小股部队一样。人们至今也不知道《哈姆雷特》到底在说什么，但是我们知道，一旦去掉上面那层美丽的刺绣，《罗密欧与朱丽叶》就只剩下一个幼稚的故事。但莎士比亚是一个多么好的绣工啊！这两部作品使用的是一种文学语

---

① 最近，一艘悬挂着不知名国旗的小船来到一座苏格兰小渔村躲避风雨，结果当地居民一看到船就惊恐地跑掉了，他们还以为这是布尔人来侵略了！那么英国本土的居民会做何反应呢？——原书注

言,这种语言甚至比它所表达的思想更加强大。这是一个独一无二的时刻:英国的诗人几乎从来都不是艺术家,而意大利的情况却恰恰相反,在这个国家,语言的艺术只能覆盖真正的诗歌中极少的一部分。一个自命不凡并且对生活持有热切态度的人群几乎不可能欣赏斯威夫特①或卡莱尔②的讽刺。这不是战胜国的文学。因此英语从活跃状态到古典状态的过渡只能是人民对莎士比亚的尊重所决定的,哪怕野蛮人也能学会这种尊敬。如果莎士比亚还活着,如果他的作品被宣布为神圣的作品,那么数百个英国人的名字和数百部作品就能进入庙堂,陪伴在这位救世天才左右。但是这种胜利是不确定的。在欧洲,在过去几个世纪里,由于莎士比亚太过于自由,过于奔放,而被英国在很大程度上忽视了,而此时的英国国内卫理公会的势力越来越大、越来越商业化。拉斯金③的死亡终结了一个美学活动的时代,或者说一个为实现美学思想和

---

①　斯威夫特(Jonathan Swift, 1667—1745),爱尔兰作家、政论家、讽刺文学大师,代表作有《格列佛游记》《一只桶的故事》等。

②　托马斯·卡莱尔(Thomas Carlyle, 1795—1881),苏格兰哲学家、评论家、讽刺作家、历史学家。他发表了很多重要演讲,其作品在维多利亚时代颇具影响力。

③　约翰·拉斯金(John Ruskin, 1819—1900),英国作家、艺术家、艺术评论家、哲学家、教师和业余的地质学家。1843 年,他因《现代画家》(*Modern Painters*)一书而成名,在书中他高度赞扬了威廉·特纳(J. M. W. Turner)的绘画创作,是维多利亚时代艺术趣味的代言人。

人类生活的不可能的融合而进行有趣尝试的时代。在文艺复兴时期的先知们消逝之后，英国愉快地重新回到它阴暗、闭塞的快乐之中。明亮的图画和透明的织物与对煤炭的需求根本无法共存。在英国这样一个供暖需求大、机器运转需求大的地方，所谓快乐就是拥有一所坚固的房子，享受美味佳肴，一边听着雨点敲打着窗户，一边开怀畅饮。只需要在天气晴朗的时候从事一些激烈的娱乐活动就够了。但是军队的挫败和社会的艰难使得英语的个性愈发强硬，英国人和这个国家一样，都把自己自闭在这种残忍的隔离中。为了忘记外国人带给它的伤痛，英国让自己承受苦难的煎熬，宗教却从这种漫长的尊严危机中获益匪浅。在古老欧洲的其他地区，基督教早已被遗忘，或者被打入依然停留在异教迷信状态的拉丁语系人民之列，但在英国，即使是在被侵略的时期，它却依然长盛不衰①。他们的尊严最终化为一种黑色的顺从：上帝的子民受苦，是因为上帝想让他们受苦，但是为了最终坚持到建立新的以色列国家，英国就必须默默承受，就像从前的犹太人一

---

① 就在今年，英国法官们以基督教的名义，起诉"大学出版社"编辑出版的自由科学哲学派书籍犯下了"淫秽罪"，这些书是：《情绪病理学》《性心理学》《旧理想与新理想》《脉搏的频率》《责任与决定》。最后一部《责任与决定》是阿蒙先生的作品，第一部作品《情绪病理学》是费雷医生的作品。这就是如今教权主义新教徒扔到萨尔韦特（Servet）的火堆中的书籍。显然英国正处于新一轮狂热的盲目信仰的前夜。——原书注

样。这种观念启发了整个广泛的下层文学。两三个世纪以来，只有女人们在写作，脑力劳动领域的薪水下降，最终使得男人远离不体面的职业。于是她们发展了她们在任何时期都特别擅长的文学类型，那就是小说。但是这类小说自从失去竞争者，或者说不再有大师以来，就一成不变地保持了乐观向上的风格：故事讲述的都是受到阻挠的爱情，因为其中一个爱人处于有罪的状态（总是男主角，而女主角总是野花中的一朵百合），而且这段感情会突然出现逆转（或缓慢地逆转，如果杂志社需要冲击销量的话），从而实现美好的结局。在这些虔诚的故事中，没有出现一个超过十八岁的年轻姑娘、超过三十岁的男子、已婚的人士——不论男女，除非是令人尊敬的长辈。即使有，也只是故事背景中的小人物。英国人过得如同昆虫一样，不再有任何婚嫁危机之外的故事可言。可能他们不会像瓢虫一样立刻死去，但却生活在沉默、工作和道德约束中。在 22 世纪和英国的侵略之间，唯有一位女性小说家敢于隐晦地影射英国人的爱情机制，但结果却是她不得不远走德国。在这一段漫长的时期内，这也是唯一一位在整个欧洲大陆都家喻户晓的英国小说家①。

---

① 简·奥斯汀（Jane Austen，1775—1817），英国小说家，代表作有《理智与情感》《傲慢与偏见》《爱玛》等。

§

（这里人们可以假设，北欧的衰落因为严冬的到来而大大加剧：黑麦的种植边界南移至克里斯蒂安纳，小麦则降至纽卡斯尔和哥本哈根，葡萄的种植界限越过了波尔多、威尼斯和克里米亚。由于赤道洋流的偏移，等温线在欧洲中西部发生了弯曲，导致伦敦的气温接近莫斯科的气温。文明的发展因此向南回缩，罗马重新成为真正的世界首都，而地中海区域则重新迎来了它最初的光辉。一个绵延的新帝国出现了，它北至多瑙河，从维也纳一直到巴勒莫，从热那亚延伸到君士坦丁堡。这条大河的曲线在从前不啻为两个世界之间的一片海洋，曾经在很长的时间里阻挡着斯拉夫人的脚步，尽管在圆圈内部存在着错综复杂的关系为其助攻……我们可以大胆地展望整个未来。——何其简单。）

§

意大利居然向野蛮人（完全是假设的野蛮人）发起了一场出乎意料的抵抗。它的防御令人称奇。面对这种以寻欢作乐为主导的外部生活场景，侵略者变得柔和下来，最终乐在其中，军队也随之瓦解。卡普（Capoue）在拉丁玫瑰和佛罗伦萨的百合中重获新生。怎么能把一种低贱语言的粗暴感强加在米兰人的微笑之上呢？如果有一种欧洲语言能够在欧洲战争中幸存,它一定是意大利语,它最干净、最灵活、最新鲜,同时也最自私,最以其罗马姐妹为荣。意大利人的懒惰和醉人的无知在他们自己都意识不到的情况下为其铸就了一种上乘的语言力量。意大利在接受任何一个外来词时,无不是先除去每个外来词的原始桎梏:这种精巧的操作给了人民一种幻觉,那就是一切词汇的新颖之处都不过是意大利语智慧的亲生女儿,而要讲一种纯洁语言的信仰也导致意大利人民对其他欧洲语言表示轻蔑:这种信仰会嘲笑所有不是出于自己那把笛子的声音。最终,意大利语成为拉丁语一个直接的门面,在那些远去的世纪里,它保留了拉丁语神圣的魅力。只要认识两者其中一门语言,就能轻松掌握另一种,而且由于它们在同一片土地上繁衍生息,因此人们发现这两种语言在历史上就相互交织在一起。当人们开辟一座山峰,搬开某座教堂或宫殿的废墟时就能发现这一点。拉丁语给我们带来了古代文明,而意大利语将会给未来人带去对现代文明的认知和记忆。对于一种主要在人们的口中不断完善而不是在作家的大脑中完成进步的语言来说,这个使命或许有些艰巨。前几个世纪的意大利文学光辉而轻佻,明亮而淫乐。它不过如此,但可能恰恰正是这一点拯救了它。北方的感性在这温和、芳香的小溪流中感受到了温暖。人们厌倦了那些哲学、社会学,一定会爱上这口吐拉丁语的小鸟的啁啾。

在语言学领域，必须承认，人民在不断地创造和再创造这种工具，然而能够运用这种精妙和非凡的工具的人实在少之又少。一旦作家的数量变多，文学之风传遍整个国家，人民无意识的贵气就会被自觉的、有预谋的行为斤斤计较的特点所取代，从而产生一种美学上的偏离和智慧的降低。有人说，文明就像一个蛋糕，宾客越多，每一份能分到的部分就越少。这一点目前似乎还看不太出来，但是国家的概念却变得很清晰。就像一切都在运转时，如果此时煤炭不够了，那么文学的产量就会减少一半。马尔萨斯的名言也适用于才华方面。就因为有几百万的傻瓜想看连载小说，可能某一天就会缺少必要的纸张，无法让一千名精英得以了解新的"琐罗亚斯德"教①，而唯有这一千人才能够真正理解它。当野蛮人火烧巴黎时，人们就会写出很多美丽但无用的东西。

如今已经几乎没有所谓的法国文学，只剩古代的法国文学。法语语言本身也是如此，人们将法语拱手让给异乡人，法语就被他们歪曲了，导致它变成一堆粗俗的东西，中间掺杂着一些模样奇特、拼写古怪的外来词。比如在出版社和体育圈，为了讲好法语，就需要根据五六种外语的字母表来认识字母的价值。在侵略前夕，法语简直成了一个国际痰盂。没有人

① 琐罗亚斯德教，古代波斯帝国的国教，在中国被称为"祆教"。

对此表示惋惜,甚至连法国人自己也是如此,法语因为它在全球的名声而惹人讨厌。如果还有诗人的话,他们一定会用拉丁语或者类似的古老语言进行创作,像雨果、拉辛、龙沙那样写作。以后终于实现了社会化的文学,必将创作出一些历史小说,书中对当今文明的呈现将和我们对湖畔居民的介绍有着异曲同工的色调。除此之外,还会有一些关于基础科学的论述。在我们的国度之上,笼罩着茫茫一片智力的沉寂。矛盾是不存在的,一切权力属于国家,唯有那些与国家想法相同的人才可以发声,但是除了被指定做这项苦工的那些官方抄写员之外,没有任何人有这种无用的写作的勇气。获胜者绝不会涉及法国社会主义奴隶组织那套令人钦佩的东西。这个苦役犯监狱将是在欧洲其他地方发展重生的文明的一个工作室。但我希望它能奋起反抗,以便让一切都从头再来,并且最终出现一门历史科学①。

————————————————

① 罗伯特·瓦尔特米勒(杜博克)先生在根西岛(译者补注:根西岛是英国的王权属地之一,位于英吉利海峡靠近法国海岸线的海峡群岛之中)拜访维克多·雨果时,搜集整理了后者关于未来的"欧洲语言"的观点。以下是《时间》(2月7日版)中记载的轶事,出处为柏林的《文学回响》:

1867年,杜博克先生在法国和英国旅游。或许是法国人神秘莫测的传统行为风格促使他穿越芒什海峡,去拜访法国最伟大的诗人中依然在世的这位。他抵达根西岛,经人指点,找到了欧特维尔宅邸。他从院子里就看见维克多·雨果了,然而这第一次会面完全出乎他的意料。据他所说,当时雨果就站在屋子的平顶上,"全身无一丝半缕遮羞",他刚洗过冷水澡,(转下页注)

法国有可能这样灭亡,或者以别的方式灭亡,但它终将灭亡,一切也终将灭亡。然而,这是对悲观的先知所说的话,他对当今看破红尘的人的未来进行了预言。如果从其他角度对这个问题进行苦涩稍减而且更易证实的思考,也是不无裨益的。

(接上页注)正在专心致志地锻炼身体。

来访者有礼貌地自报家门,并受到了亲切的接待。他们进行了对话,而且就像当时法国人和德国人之间经常发生的那样,自然而然地过渡到两国人民的关系问题。罗伯特·杜博克先生问维克多·雨果是否曾经去过德国。"没有,我只去过莱茵河畔以前曾经属于高卢的地区,我认为那还是法国的范围,"他又补充道,"尽管对我来说,那里并没有国界。"

关于这个话题,维克多·雨果提出了一种观点,后来尼采也曾经论述过,那就是"有朝一日,欧洲将只有欧洲人,不再有法国人、德国人、俄罗斯人的区别。难道德国人长了尾巴吗?我看不到有什么区别(瓦尔特米勒用法语复述了这句俏皮话)。到时候,语言的混乱就会结束:一种语言就够了"。

——哪种呢?

——只有三种能列入考虑范围:意大利语、德语、法语。德语因为辅音的问题,对于法国南方人来说太难了;而意大利语对德国人来说又太绵软了:那么只剩下法语这门能量与温柔融为一体的语言。

雨果继续说:

——如果拜伦只会说英语,那么他只会到处遇到听不懂他说话的人,除了英国人以外,谁会学这种荒诞的语言呢?

——可是欧洲何时才能意识到所有人都应该学习法语呢?

——谁知道呢!或许等波拿巴先生下台之后的第二天马上就可以了。那时候,我们一眨眼的功夫就有了共和国。

——然后呢!

——法国共和主义就会向德国人伸出援手。而后者将会驱逐他们众多的王公大臣……海关也会被取消,等等。——原书注

270

如果说法国的语言影响力降低了,尤其是近三十年以来,人们看到其中只有一个原因,这个原因完全是政治性的。人民需要学习强者的语言,在这种力量中,文学不过是个添头罢了,仅此而已。时至今日,法国受到的文学余荫依然延续到绝大部分文明世界,这种余荫所及的范围比上一个世纪还要更加广泛。如果说它的深度变得略逊一筹,那是因为它不再有军事霸权作为依靠。在德国的所有地方的生意中,可能莱比锡从《法兰克福条约》①中获利最多。其实它只是做到了执着于德国的文学天分,并因势利导。这是因为它固执地沉默不语,或者语带腼腆,这才使得法语字母得以保留,并或许扩大了它们从前的统治力量。如果没有这个国境之外的和平国度,真正的法国文学以及它养活的所有产业都可能不复存在。一个法国作家,无论他本人想不想,都有三个受众,它们根据其重要性由高到低排列如下:巴黎、国外、法国外省。因此要将文学影响力和借助政治和商业效应运行的纯粹的语言影响力区别开来。看法语书的人并不会讲我们的语言,他们只是从中学习到一门古典的语言,奢华的、贵族式乐趣的语言。另外一方面,在法国的法国人只读自己的书,这部独一无二的书

---

① 《法兰克福条约》,1871年5月10日,法兰西共和国与德意志帝国为结束普法战争而签订该条约,明确了两国边界,法国割让阿尔萨斯与洛林省的部分领土给德国,并向德国赔款。

加上一些虚假的消息,构成滋养他们自私或民族主义天性的养料。

为了在国外宣传法国文学,我们只需要根据那些其敏感度非常新颖的观点,用既传统又创新的语言写出好书就足矣。如果是把法语当作商业和常用的语言来推广,那么目前只需有一项稳定的政策,并在必要时稍微粗暴无礼一些即可。但是外交上的粗鲁无礼绝不是一个能够毫无危险、毫不可笑地操纵国家公仆和工厂工头的玩具,在法国,正是他们这些人篡夺了人民领路人的角色。

能够填补我们在政治上的迟钝感的东西,并不是法语联盟所能提供的那些惠而不费的努力,更不会是记者们认真鼓吹的那些老太太们喜欢的所谓小妙招:比如为法兰西学院设立外国通讯院士,为外国学生成立一项巴黎的奖项! 这些措施毫无用处,但反而让我很乐意接受它们。法国并不是一家会给客户发放赠品的商行,也不是一个必须低三下四、让别人可以不那么费劲就可以一亲芳泽的女士。

如果说要简化我们拼写体系中的某些地方,或者要清除语法中一些过于幼稚的规则,那是出于美学方面的考虑,也即一种高级的用途。我们拿掉胸衣中的几根鲸鱼骨,是为了让胸部更加自由,其线条更加纯洁,但绝不是为了方便咸猪手。

维克多·雨果的语言不是沃拉卜克语①,不可能像生产棉布一样,能根据蛮夷之人的趣味加以调整。此外,尽管有逻辑上的支撑,但法语的艰涩和它停滞不前的势力扩张之间并不存在任何真正的联系②。现在的法语就比一个世纪以前的法语更难学吗? 事实远非如此,而且由于民众之间广泛流传着大量优秀的教科书和大量便宜的书籍,法语反而变得没那么难了。拼写还是和以前一样,但更加有规则;句法也一样,只是更灵活了。另外,和英语这种不规则拼写的集大成语言一比较,所有语言的拼写,哪怕是法语的拼写,都显得格外清楚明晰。

　　但我并不是要宣扬那些关于拼写的复杂性给一门语言带

---

　　① 　沃拉卜克语(Volapuk),1880 年由德国巴伐利亚牧师约翰·马丁·施莱尔创造的一种语言,其中 vol 来自"world"(世界),puk 来自"speech"(话)。它是世界语的先驱,由于规则复杂,后来被世界语边缘化。

　　② 　也不能太过强调这种停滞。《语言的战争》(Guerre des langues)的作者在杂志上看到,鹿特丹一所商业学校取消了法语课程;在他笔下,唯一一家这样做的学校却变成了"某些教育机构",而且对这一时间进行了愤怒的嘲讽……法语在荷兰的教学普及很广。这是一个很难解决的问题,或许比以前更简单,也或许比以前更难,但是如果说"荷兰人离我们的语言和文学越来越远",显然是十分荒谬的。为了进一步澄清这个问题,同时也表明该手册作者的善意,我们在附录中加入了一篇"证明"(《荷兰的法语教学情况》)。——报纸时不时就散布消息(时至今日依然如此),告诉我们说法语会在英国的泽西岛消失。然而,二十年前,学习英语在泽西岛上确实是必不可少的。时至今天,有法语已经足矣。去年,有人拿给我专门发给外国人的报刊合订本和广告册子,它们都是法语的。对此我感到很吃惊。英国居然是一个令人如此不可思议的谎言实验室。在作为论据使用之前,任何一个最细微的信息都应该要先行确认才行。——原书注

273

来的障碍之类耳熟能详的观点。其实拼读最不正常的那些词语反倒在记忆中镌刻得最清晰。就我个人而言，我在拼写英语时就不像在拼写意大利语时那么犹豫不决，虽然其实前者是混乱的，而后者反而是理性的。我们怎么可能会忘记"Brougham"要读作"Brôme"，而"viz"要当成"nameley"呢。当然，我们也不要过分夸大这些诘屈聱牙之处的作用。英语还是有些便利之处的，就像英国人还是有些优越感的。语言如谣言，只要它有一双好腿脚，就会到处流传。非常有用的语言比贵气的语言更易学。困难意味着真实、美以及很多相对的价值意义。因此不应该太相信作者放在文章末尾的那些有趣的图表，它们的目的就是为了让读者立刻深信不疑。作者一共武断地划分了六种等级，目的是为了向那些最迟钝的人（有时也是为了向那些不识字的人解释）说明，只要跨越三个等级，就能够喜不自胜地阅读斯温伯恩①先生的诗歌，然而事实上，人们必须达到第十级，才能明白苏利·普吕多姆②的诗句

---

① 斯温伯恩（Algernon Charles Swinburne，1837—1909 年），英国诗人、剧作家和文学评论家，以音调优美的抒情诗闻名，部分作品也被认为存在过度押韵以及音调和旋律千篇一律的问题，代表作是《卡里顿的阿塔兰达》（*Atalanta in Calydon*）。

② 苏利·普吕多姆（Sully Prudhomme，1839—1907），法国作家，诗人。他在挖掘诗歌与科学以及诗歌与哲学的深度联系方面做出了很多努力，代表作有《命运》《诗之遗嘱》和《论美术》等。他是第一位获得诺贝尔文学奖的作家。

（见后文引用部分）。但是我觉得视角也是一个因素，如果从都灵或者巴塞罗那的角度来观察阿姆斯特丹或者汉堡的象征主义作品的级别，那么等级划分的方法很可能不会完全一致。

一个扎根在法国的商人就是通过这样的方法来致力于传播法语。他肯定觉得这些方法很有用，因为他本人身处其中，而一个作家要对此进行写作，就需要更加中立，一位学者要研究这个问题，就需要有更多相关素养。但是如果人们想收集我们的语言在国外的真实情况方面的翔实、有价值的信息———一张图片也好，相关的解释性文字也好，都不可能给我提供这些信息———，我认为，就应该与这些旅行者或者游客交谈，他们为了做生意或者追求快乐不停地在全世界周游。只有他们才知道法语这种语言的真正交流能力，知道一个法语词汇在巴达维亚、布宜诺斯艾利斯、开罗、旧金山和欧洲的真正货币价值。如果要出口书籍、刊物、报纸，就应该去咨询出版社和代理商，而且要相信他们的话，因为文学拥有最后的特权，可以在很大程度上免受海关的劫掠。那么十年后如果人们重整旗鼓，就会明白一些东西。

不过什么都不知道或许更好。对于我们这些傲慢的作家来说，只需说出我们那虚幻的想法，不要问它是否会在遥远的远方产生回响，抑或只会死于我们的脚下。

1900 年 1 月

附　录

荷兰的法语教学情况

之前，我们已经多次指出法语在低地国家获得并拥有的令人惊叹的地位。然而时移世易，历史上曾经在很大程度上反映这种优势地位的尊崇之举——在瓦隆建造了无数天主教教堂和法语学校——显然已经丧失了它们的诸多价值。但是法语今天依然保持了它的声望，如果说学习我们本土语言不再被认为是最有用的事情，那么对于贵族阶层和所有接受过文明教育的人来说，学习法语依然是最有吸引力、最有必要的。

法语联盟在荷兰比在其他任何国家获得的地盘都更加有

利。在那些大型中心，法语联盟创立了很多很有影响力的组织；在众多外省的小城市，它也创办了很多活跃的分部。就在不久前，在这个王国最不起眼的省份的首府阿桑又新建了一个分部。

今年，挑选讲座专家是一件特别幸福的事请。泰纳尔夫人、夏莱-贝尔先生等人在各地的讲座都大获成功，尤其是在海牙和阿姆斯特丹，他们的讲座也的确实至名归。整体而言，戏剧之夜活动为观众提供了更多样化的选择，也比普通的讲座更受好评，深受大众欢迎。从气质来看，后者更加高冷一些，但是每当巴黎的艺术家们与观众互动时，坚冰立刻就会开始消融，整场晚会最终在一片欢呼声中结束。

人们依然偏爱阅读法语著作。我们的作家，尤其是小说家们，在这个国家有很多拥趸。如果巴黎开始流行某一部小说，那么它很快就会出现在这里所有的书店橱窗里。此外，在每一座城市，阅读之夜活动能够以适中的价格向所有参加的会员们提供海量广受欢迎的法语杂志。

事实上，法语看上去并不像是人们有一阵子曾经担心的那样已经丢掉了阵地的样子。人们依然记得，鹿特丹的市议会在几年前曾经决定取消本市学校中的法语课程。这一决定引发了轩然大波。根据我们最可靠的信息来源，整件事的结果如下：市议会只是想做个尝试，而且只是取消了一家公立学校的法语课程。这所学校的学生都是小资产阶级家庭的孩子。他们的家长们认为学习英语和德语从商业角度来看更加有用。但是在其他学校，法语依然作为必修课列入教学方案。

其至在某些自由的机构中，人们也同样花费很多时间学习法语。比如在艾斯梅耶尔（Esmeijer）学院，在鹿特丹，依然有一些班级每周需要学习直至七个小时的法语，而且教学效果相当亮眼。

正是在艾斯梅耶尔学院，人们引入了学习应用语言的直接学习法或者说直觉式教学法，即用外语与孩子交谈，并让孩子也用外语交谈，这种方法的引入功莫大焉。负责教授法语的教师在其课程中嵌入荷兰语的用法。这一大胆的革新激起了古老的翻译教学法的捍卫者的强烈反对。但是学生们的进步如此迅速，新教学方法的优越性如此突出，使得艾斯梅耶尔先生有了大量追随者，法语教学事业节节胜利。

在这所模范学校里，孩子们从六岁开始学习法语，其他学校要九岁才开始。在练习了三个月之后——每天半个小时——这些小男孩已经理解得非常好，而且表达得非常自如。在高年级中，学生们的学业绝对出色。在法语写作方面，他们中有很多人的水平已经超过了准备初级文凭考试的法国年轻人。

在体育课上，初级中学的课程以及公立学校的高年级课程中,都自然而然地开展了精心设计的法语教学。这个唯一的榜样虽然来自自由教学机构,但已经足以说明我们在语言学习方面付出的所有代价。

《渺小的时代》,1900 年 3 月 4 日

"轻与重"文丛（已出）